[redacted]

Le Roman de Renart

Adapté par Laurence de Vismes Mokrani

LE DOSSIER

Le récit des ruses de Renart

L'ENQUÊTE

Hommes et animaux au Moyen Âge

Notes et dossier
Laurence de Vismes Mokrani
certifiée de lettres modernes

Collection dirigée par
Bertrand Louët

HATIER

Sommaire

OUVERTURE

Qui sont les personnages ? 4

Quelle est l'histoire ? 6

Qui sont les auteurs ? 8

Que se passe-t-il à l'époque ? 9

Le Roman de Renart

Renart et les jambons d'Ysengrin 12

Renart et Chantecler 15

Renart et la mésange 21

Renart et Tiécelin le corbeau 24

Renart et les anguilles 27

La tonsure d'Ysengrin 30

La pêche à la queue 34

Renart et Tybert le chat 36

Renart, Tybert et l'andouille 38

ISBN : 978-2-218-94327-0

* Tous les mots suivis d'un *
sont expliqués dans le lexique p. 95.

Tybert perd sa queue 43
Renart et Ysengrin dans le puits 45
Ysengrin et Hersent portent plainte devant la cour du roi 48
Chantecler, Pinte et ses sœurs demandent justice 51
La mission de Brun l'ours 54
Renart est condamné à mort 57

LE DOSSIER

Le récit des ruses de Renart

Repères 62

Parcours de l'œuvre 66

Textes et image 80

L'ENQUÊTE

Hommes et animaux au Moyen Âge 84

Petit lexique du *Roman de Renart* 95

À lire et à voir 96

Qui sont les personnages ?

Les personnages principaux du *Roman de Renart* sont des animaux agissant comme des humains. Leur société est à l'image de celle du Moyen Âge. Ainsi, Renart, Ysengrin, Tybert, etc. sont des seigneurs et possèdent un domaine. Au-dessus d'eux se trouve Noble, le roi, auquel ils ont juré fidélité.

Les personnages principaux

Renart le goupil est le personnage central, le héros des différentes aventures. Rusé et beau parleur, il ne cesse de jouer des mauvais tours aux autres barons. Il lui arrive cependant d'être parfois trompé lui aussi ! Sa femme s'appelle Hermeline et ses enfants, Percehaie et Malebranche.

Ysengrin le loup est l'ennemi principal de Renart. Il est grand et fort, mais il est bête ! Renart se moque de lui pour le plaisir. Sa femme s'appelle Hersent.

Tybert le chat est capable de ruse lui aussi. De plus, il est agile et possède de bonnes griffes. C'est un ennemi dont Renart doit se méfier.

Chantecler le coq est le maître de la basse-cour. Il est entouré des poules qu'il doit protéger : Pinte, la plus belle, Noire, Blanche, Roussette, Copette...

Tiécelin le corbeau : Renart aimerait bien le manger, comme les poules du poulailler ou la mésange qui se trouve dans les arbres !

Noble le lion est le roi. Tous les autres animaux lui doivent donc obéissance. Chef du pays, il fait la loi et rend la justice, mais se montre parfois un peu éloigné des préoccupations de son peuple.

Brun l'ours est grand et fort... mais gourmand ! Et Renart sait exploiter cette faiblesse.

Les hommes

Des humains apparaissent parfois dans les récits : des vilains (paysans), des marchands, des moines. Renart exerce aussi sa ruse à leurs dépens !

Quelle est l'histoire ?

Les origines

Le Roman de Renart est formé de plusieurs récits qui ont été inventés au Moyen Âge, à l'époque de la société féodale. Ces histoires étaient racontées oralement, de ville en ville, à un public composé de bourgeois et de paysans. Devenues rapidement célèbres, elles ont été transcrites sur des parchemins* aux alentours de l'an 1200.

L'action

Dans la plupart des récits, Renart cherche à tromper les autres pour leur voler quelque chose ou tout simplement pour le plaisir de jouer un mauvais tour.

Renart a bien envie de goûter aux jambons de son oncle Ysengrin. Mais comme ils sont bien à l'abri, il lui faut employer la ruse et ne pas éveiller les soupçons...

Le corbeau Tiécelin a réussi à voler un fromage et il est en train de le déguster sur son arbre. Comment Renart va-t-il faire pour s'emparer à la fois du fromage et de l'oiseau ?

Le but

Les aventures de Renart, goupil rusé et impertinent, étaient d'abord destinées à distraire le peuple. Elles faisaient rire les paysans et les bourgeois, qui oubliaient pendant un moment combien la vie était difficile au Moyen Âge. Mais, en utilisant des animaux pour représenter des hommes, les auteurs se moquaient aussi de la société de leur époque et la critiquaient. *Le Roman de Renart* est donc une satire*.

Un bateleur et des paysans *(scène de théâtre), manuscrit (1542) (Cambrai, Bibliothèque municipale).*

Renart et le chat Tybert ont trouvé une andouille qu'ils décident de se partager. Un seul des deux compères finira pourtant par la manger entièrement...

Les plaintes affluent contre Renart. Le roi des animaux, Noble le lion, l'a donc convoqué devant le tribunal. Tous les barons veulent le condamner à mort. Comment Renart va-t-il se tirer d'affaire ?

Qui sont les auteurs ?

Le Roman de Renart, *manuscrit (XIIIe siècle) (Paris, BNF).*

L'œuvre de plusieurs auteurs

Le Roman de Renart est composé de plusieurs « branches », ou chapitres, qui ont été écrites par plusieurs auteurs sur une longue période, de 1170 à 1250.
Les auteurs s'appelaient Pierre de Saint-Cloud, Richard de Lison, Le Prêtre de la Croix-en-Brie, mais on ne sait pas grand-chose sur eux !

● PIERRE DE SAINT-CLOUD

C'est l'auteur le plus connu. Il était probablement un clerc* : instruit, sachant lire et écrire, il connaissait l'ensemble de la société.
Il a inventé une nouvelle forme de récit : raconter les aventures d'un goupil, pour faire rire et réfléchir en même temps.

● UN POÈME EN LANGUE ROMANE

Le Roman de Renart est le premier texte en roman (le français de l'époque). Ce n'est donc pas « un roman », mais un récit « en roman » des aventures d'un goupil qui s'appelle « Renart ». Ces aventures étaient racontées à voix haute et en musique par des artistes. Comme une chanson, *Le Roman de Renart* est un poème, composé en octosyllabes (vers de huit syllabes). Il compte environ 25 000 vers !

LITTÉRATURE ET ART	**1050-1150** Églises et monastères romans	**1150** Début de l'art gothique (églises et cathédrales)	**1100** *La Chanson de Roland*
HISTOIRE	**987** Hugues Capet sur le trône de France (dynastie capétienne jusqu'en 1328)	**1000** Début des grands défrichements ; la population augmente et il faut cultiver de nouvelles terres	**1095** Le pape Urbain II appelle les chrétiens d'Occident à une guerre sainte contre les musulmans : première croisade

Que se passe-t-il à l'époque ?

L'histoire

● LA MONARCHIE CAPÉTIENNE

Au moment où paraît *Le Roman de Renart*, la période des Capétiens (dynastie d'Hugues Capet) commence.

● LES SEIGNEURS ET LA FÉODALITÉ

La société est régie par le principe de la féodalité.
Le roi se trouve tout en haut de la pyramide sociale.

● LES PAYSANS

Ce sont les vilains* et les serfs*. Tous doivent travailler pour le seigneur.

● LA RELIGION

L'Église est très puissante : elle organise et contrôle la vie religieuse. Le Pape, chef des chrétiens, organise les croisades.

Les arts et les lettres

● LE TEMPS DES CATHÉDRALES

Le Moyen Âge est la période où l'art roman* cède la place à l'art gothique* : on s'élève vers Dieu.

● LE TEMPS DES PARCHEMINS

On ne connaît pas encore l'imprimerie, qui n'apparaîtra qu'en 1540. Les moines ou clercs passent des heures à recopier sur des parchemins* les textes de l'Antiquité (surtout la Bible) qu'ils décorent d'enluminures*.

● ROMANS DE CHEVALERIE ET CONTES POPULAIRES

D'autres textes font aussi leur apparition : les romans de chevalerie, les contes populaires et les fabliaux, petits contes réalistes destinés à faire rire le public.

1150-1300
Fabliaux

vers 1170
Romans de chevalerie (Chrétien de Troyes)

1180
Tristan et Yseult

1170-1250
Le Roman de Renart

1263
Louis IX crée la première monnaie royale, valable dans tout le royaume de France

1297
Le pape canonise le roi Louis IX (saint Louis) qui, « très chrétien », a participé à plusieurs croisades et est mort à Tunis

1348
Grande épidémie de peste noire

Le Roman de Renart

Renart et les jambons d'Ysengrin 12
Renart et Chantecler 15
Renart et la mésange 21
Renart et Tiécelin le corbeau 24
Renart et les anguilles 27
La tonsure d'Ysengrin 30
La pêche à la queue 34
Renart et Tybert le chat 36
Renart, Tybert et l'andouille 38
Tybert perd sa queue 43
Renart et Ysengrin dans le puits 45
Ysengrin et Hersent portent plainte devant la cour du roi 48
Chantecler, Pinte et ses sœurs demandent justice .. 51
La mission de Brun l'ours 54
Renart est condamné à mort 57

Renart et les jambons d'Ysengrin

Renart●, un matin, entra chez son oncle, les yeux troubles et la fourrure hérissée.

« Qu'est-ce qui se passe, mon cher neveu ? Tu parais en mauvais état, lui dit le maître de maison. Est-ce que tu es malade ?

– Oui, je ne me sens pas bien.

– Tu n'as pas déjeuné ?

– Non, et je n'ai même pas faim.

– Allons donc ! Allez, madame Hersent, levez-vous tout de suite et préparez à mon cher neveu une brochette de rognons et de rate[1]. Il ne pourra pas la refuser. »

Hersent quitte son lit et se prépare à obéir. Mais Renart espérait mieux de son oncle : il avait vu trois beaux jambons suspendus au plafond de la salle, et c'est leur odeur qui l'avait attiré. « Voilà des jambons qui sont en danger, dit-il. Vous savez, mon oncle, si un de vos voisins les voyait, il en voudrait une part. À votre place, je les décrocherais bien vite, et je dirais à tout le monde qu'on me les a volés.

– Bah ! dit Ysengrin, je ne m'inquiète pas. On peut les regarder, mais on ne risque pas d'en manger.

1. **Une brochette de rognons et de rate :** les rognons et la rate sont des abats.

● **Renart est le nom propre du héros de ces aventures, un goupil. Il est devenu tellement célèbre que son nom désigne maintenant cet animal en général et que l'on dit : *un renard*.**

– Comment ? Même si on vous en demandait ?

– On peut toujours demander, je n'en donnerai pas : ni à mon neveu, ni à mon frère, ni à personne au monde. »

Renart n'insista pas. Il mangea ses rognons et s'en alla.

Mais, deux jours plus tard, il revint pendant la nuit à la maison d'Ysengrin. Tout le monde dormait.

Il monte sur le toit, creuse un trou et se faufile à l'intérieur. Il arrive aux jambons, les emporte, revient chez lui, coupe les jambons en morceaux et les cache sous son lit.

Cependant le jour se lève : Ysengrin se réveille. Quoi ? Le toit est ouvert ? Les jambons, les chers jambons sont envolés !

« Au secours ! Au voleur ! Hersent, Hersent ! Nous sommes perdus ! »

Hersent, réveillée en sursaut, se lève, les cheveux en bataille.

« Qu'est-ce qui se passe ? Oh ! Quelle aventure ! On nous a volés ! Il faut porter plainte ! »

Ils crient, mais ne peuvent accuser personne. Ils ont beau chercher, ils ne savent pas qui leur a joué ce vilain tour.

Pendant ce temps-là, Renart arrive. Il a bien mangé, il a le visage reposé, l'air content.

« Eh ! Mon cher oncle, que vous arrive-t-il ? Vous me paraissez en mauvais état ; est-ce que vous êtes malade ?

– Il y aurait de quoi être malade, répond Ysengrin. Tu sais, nos trois beaux jambons ? On me les a volés !

– Ah ! s'écrie Renart, bravo ! Oui, c'est exactement ce qu'il faut dire : on vous les a volés ! Bien ! Très bien ! Mais, mon oncle, il faut le crier dans la rue, pour que tous les voisins l'entendent.

– Eh ! Mais c'est la vérité que je dis ! On m'a vraiment volé les jambons ! Mes beaux jambons !

– Allez ! reprend Renart, ce n'est pas à moi qu'il faut dire ça. Comme dit le proverbe, celui qui se plaint le plus n'a pas vraiment mal. Vos jambons, vous les avez mis à l'abri des regards ; vous avez bien fait, je vous félicite.

– Comment ! Imbécile, tu ne veux pas comprendre ? Je te dis qu'on m'a volé mes jambons !

– Mais oui, mais oui, continuez à le dire.

– Ce n'est pas bien de ne pas nous croire, dit alors dame Hersent. Si nous les avions, ce serait un plaisir de les partager avec vous, vous le savez bien.

– Je sais que vous êtes malins, dit alors Renart. Mais cela va vous coûter de l'argent. Maintenant, vous avez un trou dans le toit. C'était nécessaire, d'accord, pour faire croire à un vol, mais il va falloir le faire réparer. C'est bien par là que les voleurs sont entrés, n'est-ce pas ?

– Oui, c'est cela.

– Vous ne pouvez pas dire autre chose, évidemment.

– En tout cas, malheur à celui qui a pris mes jambons ! dit Ysengrin. Si je l'attrape... »

Renart ne répondit plus. Il fit une petite grimace et s'éloigna en riant sous cape.

Renart s'enfuyant avec un jambon,
manuscrit (XIIIe siècle) (Paris, BNF).

Renart et Chantecler

Un autre jour, Renart arriva dans un village au milieu des bois, bien fourni en poules, coqs, oies et canards. Un riche paysan, messire Constant Desnois, avait sa maison dans un enclos, avec beaucoup de provisions, des viandes fraîches et salées●. Il y avait d'un côté des arbres fruitiers, de l'autre un parc pour les bêtes, entouré d'une clôture de pieux de chêne recouverts d'aubépines épaisses. C'était dans cet enclos que Constant Desnois mettait ses volailles à l'abri.

Renart s'approche doucement de la clôture. Mais les épines entrelacées ne lui permettent pas d'entrer. Il aperçoit les poules, il suit leurs mouvements, mais il ne sait comment les rejoindre. S'il quitte l'endroit où il se cache, ou même s'il saute par-dessus la barrière, on le verra et il sera pourchassé pendant que les poules s'éparpilleront. Il essaie d'attirer les poules en faisant du bruit, en baissant le cou et en agitant le bout de sa queue, mais rien ne réussit.

Enfin, dans la clôture, il voit qu'un pieu est cassé, ce qui lui permet d'entrer ; il s'élance et tombe dans un carré de choux cultivé par le paysan. Mais les poules l'ont entendu tomber : elles se sauvent vers le bâtiment.

C'est alors qu'arrive Chantecler, le coq qui montait la garde. Il voit les poules se sauver et, ne comprenant pas de quoi elles ont peur, il les rejoint et leur dit, sur un air de reproche :

« Qu'est-ce qui vous prend de rentrer si vite à la maison ? Vous êtes devenues folles ? » Pinte, la meilleure poule, celle qui pond les plus gros œufs, lui répond : « C'est que nous avons eu très peur.

– Et de quoi donc ? Vous aviez une raison d'avoir peur ?

– Oui, il y a une bête des bois qui pourrait nous faire du mal.

● **On conservait les aliments en les recouvrant de sel, dans un saloir : c'est la salaison.**

– Allons ! dit le coq, ce n'est rien du tout. Restez tranquilles, je m'occupe de tout.

– Oh ! Tenez, je viens encore de l'apercevoir, s'écrie Pinte. J'ai vu bouger les feuilles de chou sous lesquelles il se cache !

– Taisez-vous donc, espèce d'idiote, dit fièrement Chantecler. Comment un renard pourrait-il entrer ici ? Vous voyez bien que la haie est trop serrée. Dormez tranquilles ; après tout, je suis là pour vous défendre. »

Sur ces mots, Chantecler s'en va gratter un tas de fumier. Mais les paroles de Pinte le tracassent un peu. Il monte sur un toit et là, un œil ouvert et l'autre fermé, il monte la garde, jusqu'à ce que le sommeil le gagne. Il fait alors un rêve étrange : il croit voir quelque chose qui traverse la cour et qui lui donne un manteau de fourrure rousse bordée de petites pointes blanches. Il rêve qu'il est obligé d'enfiler ce manteau très étroit, et, très bizarrement, qu'il l'enfile par la tête. Ce rêve le réveille. « Mon Dieu, protégez-moi ! » dit-il en faisant un signe de croix.

Il saute du toit et va rejoindre les poules sous les buissons de la haie.

Il appelle Pinte, elle arrive.

« Ma chère Pinte, je vous avoue que je suis inquiet à mon tour. Je viens de faire un rêve bizarre et je ne sais qu'en penser. J'ai cru voir quelque chose qui m'apportait un manteau de fourrure rousse que j'ai été obligé d'enfiler. La bordure était dure et blanche comme de l'ivoire et on me le mettait à l'envers●. J'essayais de m'en débarrasser, et je me suis réveillé. À votre avis, que dois-je penser de tout cela ?

● **Au Moyen Âge, on portait les manteaux de fourrure, les *pelisses*, avec le poil *à l'intérieur*. C'était plus confortable et ainsi on ne risquait pas de passer pour un animal ! Or, dans son rêve, Chantecler doit enfiler son manteau avec la fourrure *à l'extérieur*.**

– Tout cela n'est qu'un rêve, mais je crois deviner ce qu'il veut dire. Celui qui porte un manteau de fourrure rousse n'est autre que le goupil. La bordure blanche comme de l'ivoire, ce sont ses dents et l'encolure étroite du manteau, c'est sa gueule. Voilà ce que veut dire votre rêve : le goupil risque de vous manger avant midi. N'attendez pas, croyez-moi. Je vous le répète, il est là, dans ce buisson, attendant le moment de vous attraper. »

Mais Chantecler, bien réveillé maintenant, avait repris confiance :

« Pinte, ma chère, comment pouvez-vous supposer que je me laisse prendre par une bête cachée dans le parc ? Vous êtes complètement folle, et je suis bien fou aussi d'avoir eu peur d'un rêve !

– Pensez ce que vous voulez, lui répond Pinte ; j'accepte de ne plus être votre amie si je me suis trompée !

– Allez, allez, ma belle, lui dit Chantecler en se rengorgeant, assez de bavardages. »

Et il retourne sur son tas de fumier qu'il se remet à gratter. Quelques instants plus tard, il est à nouveau endormi.

Or, Renart avait tout entendu. Il était content que le coq ne se méfie pas et quand il le crut bien endormi, il s'avança tout doucement, puis il s'élança pour l'attraper. Mais malgré toutes ses précautions, Chantecler l'entendit et, au dernier moment, il fit un saut de côté.

Renart était déçu d'avoir manqué son coup. Comment faire maintenant pour récupérer sa proie ?

« Ah ! mon Dieu, Chantecler, dit-il de sa voix la plus douce, vous vous écartez comme si vous aviez peur de votre meilleur ami. Je vous en prie, laissez-moi vous dire combien je suis heureux de vous voir en bonne santé et si agile. Nous sommes cousins germains, vous savez. »

Chantecler ne répondit pas : il continuait à se méfier, ou bien il était étonné d'entendre un parent qu'il ne connaissait pas lui faire des compliments. Mais pour montrer qu'il n'avait pas peur, il se mit à chanter.

« Oui, c'est assez bien chanté, dit Renart. Est-ce que vous vous souvenez de votre père Chanteclin ? Ah ! c'est lui qu'il fallait entendre ! Jamais personne ne fera aussi bien. Il avait la voix si forte, si claire, qu'on l'écoutait à une lieue aux alentours, je m'en souviens bien. Et pour chanter encore mieux, il lui suffisait d'ouvrir la bouche et de fermer les yeux.

– Mon cousin, répond alors Chantecler, vous vous moquez de moi...

– Moi, me moquer d'un ami, d'un aussi proche parent ? Ah ! Chantecler, vous ne pensez pas ce que vous dites. Mais en vérité, j'adore la bonne musique, et je m'y connais. Vous chanteriez bien si vous vouliez ; fermez un peu les yeux et commencez un de vos airs.

– Mais d'abord, dit Chantecler, est-ce que je peux vous faire confiance ? Écartez-vous un peu, si vous voulez que je chante. Vous apprécierez mieux la qualité de ma voix en vous plaçant un peu plus loin.

– D'accord, dit Renart en reculant un tout petit peu. Voyons donc si vous êtes bien le fils de mon cher oncle Chanteclin. »

Le coq, un œil ouvert et l'autre fermé, toujours un peu sur ses gardes, commence alors un grand air.

« Franchement, dit Renart, ce n'est pas extraordinaire. Chanteclin, lui, ah ! c'était quelque chose ! Dès qu'il avait fermé les yeux, on l'entendait bien au-delà du bois. Franchement, mon pauvre ami, vous êtes loin de faire aussi bien. »

Ces mots vexèrent tellement Chantecler qu'il en oublia tout. Il ferma les yeux, et lança une note qu'il fit durer le plus possible. L'autre, voyant le moment venu, s'élance comme une flèche, l'attrape par le cou et s'enfuit avec sa proie.

Pinte, qui avait assisté à la scène, pousse alors un cri aigu : « Ah ! Pauvre de moi ! Que vais-je devenir, privée de mon époux et de mon seigneur, de tout ce que j'aimais au monde ? »

Cependant, au moment où Renart s'emparait du pauvre coq, le jour tombait et la vieille femme chargée de s'occuper des volailles ouvrait la porte du poulailler.

Elle appelle Pinte, Bise, Roussette : personne ne répond. Elle lève les yeux et voit Renart en train de se sauver avec Chantecler. « Au secours ! Au secours ! s'écrie-t-elle, au Renart, au voleur ! » Les paysans accourent de tous côtés.

« Qu'y a-t-il ? pourquoi tous ces cris ?

– Au secours ! crie de nouveau la vieille femme. Le goupil emporte mon coq ! »

Renart franchissait alors les haies ; mais les paysans l'entendirent tomber de l'autre côté, et tout le monde se mit à sa poursuite. Constant Desnois lâche son gros chien Mauvoisin. On retrouve sa piste, on va l'atteindre : « Le goupil ! Le goupil ! »

Renart court aussi vite que possible.

« Sire Renart, dit alors le pauvre Chantecler d'une voix entrecoupée, allez-vous laisser ces paysans vous insulter ainsi ? À votre place, je me vengerais et je leur jouerais un bon tour. Quand Constant Desnois dira : *Renart l'emporte,* répondez donc : *Oui, sous votre nez et malgré vous.* Cela les fera taire. »

On l'a dit bien souvent : même les plus sages agissent parfois comme des fous.

Renart, le trompeur universel●, fut trompé ici lui-même. Et quand il entendit la voix de Constant Desnois, il prit plaisir à lui répondre : « Oui, je prends votre coq, et malgré vous ». Mais

● **Renart est célèbre pour sa ruse. Celui qui raconte l'histoire rappelle cette caractéristique, afin de surprendre encore plus l'auditoire avec la suite de l'aventure.**

Chantecler, dès qu'il sentit que les dents de Renart se desserraient un peu, fit un effort et s'échappa. Un coup d'aile et le voilà sur les branches d'un pommier voisin.

Dépité et surpris, Renart revient sur ses pas et comprend la bêtise qu'il a faite.

« Ah ! mon cher cousin, lui dit le coq, c'est le moment de réfléchir sur les changements de situation.

– Maudit soit celui qui parle quand il devrait se taire, dit Renart.

– Oui, répond Chantecler, et il vaut mieux devenir aveugle que de fermer les yeux quand on devrait les garder grands ouverts. Vous voyez, Renart, celui qui vous croit est un fou. Au diable votre beau cousinage : j'ai cru que j'allais le payer cher ! Mais vous, vous avez intérêt à courir bien vite, si vous tenez à votre peau. »

Renart ne s'amusa pas à répondre. Il se mit à l'abri des chasseurs dans un fourré, puis il s'éloigna, l'âme triste et le ventre vide, pendant que le coq regagnait joyeusement son enclos où l'attendaient ses amies, très affectées par son malheur.

Renart et la mésange

Tandis qu'il se lamentait d'avoir été trompé par le coq, Renart aperçut la mésange, sur la branche d'un chêne où elle avait posé ses œufs.

Renart la salue : « Ma commère●, soyez la bienvenue. Descendez donc m'embrasser.

– Renart, dit-elle, taisez-vous donc. Vous avez trompé tant de monde qu'on sait bien à quoi s'en tenir avec vous. Je ne suis pas du tout votre commère.

– Madame, répond Renart, jamais je ne vous ai donné l'occasion de vous plaindre de moi. De plus, écoutez-moi : Sire Noble, notre roi●, vient de proclamer la paix générale ; plaise à Dieu qu'elle dure longtemps. Tous les barons ont juré de la respecter, d'oublier les querelles et les conflits. Le petit peuple sera tranquille, Dieu soit loué ! »

La mésange répond alors : « Renart, vous essayez de me tromper. Cherchez quelqu'un d'autre, ce n'est pas moi qui vous embrasserai aujourd'hui. »

Renart, voyant que la mésange refuse de le croire, reprend alors : « Madame, écoutez-moi. Si vous avez peur, je vous donnerai un baiser les yeux fermés.

– Dans ces conditions, j'accepte, dit-elle. Fermez les yeux ! »

● **« Commère » et « compère » étaient des termes amicaux : on appelait ainsi ses amis ou les gens qui étaient proches de la famille (les parrains et marraines, par exemple).**

● **Le roi des animaux est le lion Noble. Les autres animaux, comme Renart, sont des barons. Ce sont des vassaux : ils ont prêté serment de fidélité au roi et doivent lui obéir.**

Renart ferme les yeux. Mais la mésange, qui n'a aucune envie d'embrasser le goupil, prend une poignée de mousse et de feuilles, et en effleure le museau de Renart. Celui-ci fait alors un bond pour attraper la mésange, mais ses dents ne saisissent qu'une feuille accrochée à sa moustache ! La mésange s'écrie :

« Eh, Renart, la belle paix, en vérité ! Si je ne m'étais pas reculée, vous auriez déjà rompu la trêve[1] !

– C'était pour rire, répond Renart, je voulais seulement vous faire peur. Allez, on recommence : je ferme les yeux. »

La mésange s'approche avec précaution, frôle le museau du goupil, mais pas trop. Renart montre à nouveau les dents, mais la manque une seconde fois.

« Renart, dit-elle, qu'est-ce que cela signifie ? On ne peut vraiment pas vous faire confiance ! Il vaudrait mieux se jeter dans le feu que dans vos bras !

– Comme vous êtes peureuse ! répond alors Renart. Je n'avais pas l'intention de vous trahir. Recommencez encore une fois ; la troisième, c'est la bonne. Allez, ma commère, venez ! »

Mais elle fait la sourde oreille, car elle n'est pas folle, et elle ne quitte pas la branche du chêne.

Cependant, voici des chasseurs et des chiens qui approchent. On entend les trompes et les cors ; Renart en est tout étonné et prend la fuite sans attendre.

La mésange alors s'écrie :

« Renart, pourquoi partir si vite ? La paix n'est-elle pas signée ? Où allez-vous ? Revenez donc ici ! »

1. **La trêve** : période pendant laquelle on arrête de se battre, de faire la guerre.

Renart, qui est habile et sage, répond sans s'arrêter : « La paix est signée, oui, mais on ne le sait pas partout. D'ailleurs, ces chiens sont sans doute trop jeunes pour en être informés.

– Vous avez l'esprit mal tourné, reprend la mésange. Revenez ici, et embrassez-moi !

– Je suis un peu pressé, répond le goupil. De toute façon, j'ai déjà signé la paix avec votre mari. »

Renart n'ajoute rien, et il s'enfuit au plus vite.

Benjamin Rabier (1864-1939), illustration pour Le Roman de Renart, *Tallandier Éditions (1909).*

Renart et Tiécelin le corbeau

Dans une vallée fleurie bordée de deux collines et traversée par un ruisseau, Renart, un jour, aperçut un hêtre planté à l'écart. Il traversa l'eau, arriva à l'arbre, en fit le tour, puis il se vautra délicieusement dans l'herbe fraîche. Tout lui plaisait dans cet endroit. Tout, non, je me trompe, car il commençait à avoir faim et il n'avait rien à manger ! Pendant qu'il réfléchissait à ce qu'il pourrait faire, le seigneur● Tiécelin, le corbeau, sortit du bois voisin, traversa la prairie en planant et alla se poser dans un enclos qui semblait lui promettre une bonne aventure.

Il y avait là un millier de fromages qu'on avait mis à sécher au soleil. La gardienne était rentrée un moment à l'intérieur de la maison et Tiécelin, saisissant l'occasion, en prit un des plus beaux. Au moment où il repartait, la vieille femme l'aperçut et se mit à crier en lui jetant des cailloux et des pierres : « Ah ! Voyou ! Tu imagines que c'est pour toi que je fais sécher mes fromages !

– Tais-toi, tais-toi, la vieille, lui répondit Tiécelin. Si on te demande qui t'a pris ce fromage, tu n'auras qu'à répondre : *"C'est moi"*. Car mauvaise garde nourrit le loup ![1] Surveille mieux les autres, mais celui-là, tu ne le reverras pas ! Je vais m'en blanchir les moustaches avec grand plaisir ! Si je peux l'emporter jusqu'à mon nid, je le mangerai bien tranquillement. Maintenant, je m'en vais, rentre chez toi ! »

1. **Mauvaise garde nourrit le loup :** proverbe signifiant « Si on ne garde pas bien ses affaires, on risque de se les faire voler ».

● **« Monseigneur », « seigneur » et « messire » sont les noms que l'on adressait aux hommes ; ils ont donné « monsieur », que l'on emploie aujourd'hui. Comme tous les animaux du *Roman de Renart*, Tiécelin est personnifié, considéré comme un humain.**

Tiécelin s'éloigne et vient se percher sur le hêtre qui faisait de l'ombre à Renart. Les voilà tous les deux réunis par le même arbre, mais leur situation est loin d'être identique. Tiécelin déguste son plat préféré ; Renart, lui, aime autant le fromage que l'oiseau qui le tient dans son bec, mais n'a aucun moyen de s'en approcher.

Tiécelin entame le fromage à coups de bec et mange la partie la plus jaune et la plus crémeuse. Un morceau de la croûte lui échappe et tombe au pied de l'arbre. Renart lève alors la tête et salue Tiécelin qu'il voit fièrement perché, le fromage entre les pattes :

« Oui, je ne me trompe pas, c'est bien le seigneur Tiécelin ! Que Dieu vous protège, compère, vous et l'âme de votre père, le fameux chanteur ! Personne ne chantait aussi bien que lui en France, autrefois. Et vous, d'ailleurs, vous faisiez aussi de la musique, si je me souviens bien. Chantez-moi donc une petite ritournelle[1], puisque j'ai le plaisir de vous rencontrer. »

Ces paroles plaisent beaucoup à Tiécelin qui se croit le meilleur chanteur du monde. Il ouvre donc aussitôt la bouche et fait entendre un cri prolongé. « Ce n'est pas mal, dit Renart, mais si vous vouliez, vous pourriez chanter encore mieux. » Le corbeau recommence alors à crier. « Votre voix est belle, dit alors Renart, mais elle serait encore plus belle si vous ne mangiez pas tant de noix●. Mais continuez quand même, je vous en prie. » L'autre, qui veut absolument montrer ce dont il est capable, crie de toutes ses forces, sans se rendre compte qu'il desserre peu à peu la patte qui tient le fromage. Il le laisse tomber juste aux pieds de Renart !

Le coquin en frémit de plaisir, mais il se garde bien d'y toucher. Il voudrait bien manger le corbeau en plus du fromage !

1. **Une ritournelle** : un petit refrain.

● **Au Moyen Âge, on croyait que certains aliments étaient mauvais pour la santé. Ainsi, on pensait que les noix abîmaient la voix ou que le fromage empêchait de guérir quand on était blessé.**

« Ah ! Mon Dieu ! dit-il en faisant semblant de vouloir se lever, je ne peux pas changer de place, tant je souffre du genou ; et ce fromage qui vient de tomber a une odeur infecte, insupportable. Rien n'est plus dangereux que cette odeur pour les blessures des jambes. Les médecins me l'ont bien dit, il ne faut pas que j'en mange. Mon cher Tiécelin, je vous en prie, descendez et débarrassez-moi de cette horreur. Si je vous demande ce service, c'est que je me suis cassé la jambe dans un piège l'autre jour, pas loin d'ici. Je suis condamné à rester là jusqu'à ce que je sois guéri. »

Tiécelin se laisse convaincre par ces paroles, accompagnées de grimaces de douleur ! Il descend donc de l'arbre, mais une fois à terre, en voyant Renart, il réfléchit et reste prudent : il avance pas à pas, sur ses gardes. « Mon Dieu ! Dépêchez-vous donc ! Avancez ! Que pouvez-vous craindre de moi, un pauvre blessé ? » Tiécelin s'approche davantage, mais Renart, trop impatient, s'élance et le manque, n'attrapant que trois ou quatre plumes. « Ah ! Traître ! dit alors Tiécelin, j'aurais dû savoir que vous vouliez me tromper. J'ai perdu quatre de mes plus belles plumes, mais c'est tout ce que vous aurez, sale voleur ! Que Dieu vous maudisse ! »

Renart essaya de trouver une excuse : c'était la douleur qui lui avait fait faire un saut, malgré lui. Mais Tiécelin ne l'écouta pas : « Garde le fromage, je te le laisse. Mais moi, tu ne m'auras pas. Tu peux pleurer autant que tu veux, je ne t'aiderai pas.

– Eh bien, va-t-en, espèce de braillard, répondit Renart qui retrouvait sa vraie nature. Cela me consolera de ne pas avoir pu te clouer le bec. Mon Dieu, reprit-il ensuite, ce fromage est vraiment excellent, je n'en ai jamais mangé de meilleur. Et ma jambe n'en va pas plus mal ! »

Et, son repas terminé, il reprit le chemin des bois.

Renart et les anguilles

Seigneurs●, c'était le temps où les beaux jours s'achèvent, quand l'hiver s'installe à son tour. Renart était dans sa maison et n'avait plus de provisions. Il sortit donc de chez lui, sans se faire voir, traversa un marais couvert de joncs entre le bois et la rivière, et finit par arriver près d'une route pavée. Il se mit alors à l'affût, couché le long d'une haie.

Or, voici qu'arrivent à vive allure des marchands avec un chargement de poissons : beaucoup de harengs frais, car la bise a soufflé toute la semaine. Ils ont aussi d'autres poissons en grande quantité, des gros et des petits : des lamproies et des anguilles[1] qu'ils ont achetées dans des fermes. La charrette est pleine.

Dès qu'il les aperçoit, Renart, le trompeur universel, file sans se montrer pour devancer les marchands. Regardez comme il est rusé ! Il se roule dans l'herbe, puis s'allonge au milieu du chemin et fait le mort : les yeux fermés, la gueule ouverte, il retient son souffle et ne bouge plus.

Les marchands approchent, ne se doutant de rien. Le premier voit Renart, et appelle son compagnon : « Regarde là-bas, c'est un goupil, ou un chien.

– C'est un goupil, oui, fait l'autre après avoir regardé. Attrape-le, et fais attention qu'il ne t'échappe pas ! »

1. **Des lamproies et des anguilles** : poissons de rivière. Les harengs sont des poissons de mer.

● **Le narrateur s'adresse à son public. *Le Roman de Renart* était raconté à haute voix par les ménestrels et les troubadours.**

Ils s'approchent vite, retournent Renart dans tous les sens, estiment la fourrure de son dos et de sa gorge. Pour l'un des marchands, elle vaut trois sous, mais l'autre dit : « Grand Dieu ! elle vaut au moins quatre sous ! Vois comme la gorge est blanche ! Nous avons encore de la place, jetons-le dans notre charrette ! Nous lui enlèverons son beau manteau ce soir. » Ce qu'ils font, tout contents de leur aventure, et ils reprennent leur route en riant.

Couché sur les paniers, Renart en a ouvert un avec ses dents, et il a mangé au moins trente harengs, de bon appétit, sans avoir besoin d'assaisonnement : ni sel, ni sauge[1] !

Mais avant de s'en aller, il ouvre un autre panier, y plonge son museau, en tire trois colliers d'anguilles[2] qu'il enfile par la tête et place ainsi sur son dos. Maintenant, il lui faut trouver le moyen de descendre de la charrette, car il n'y a pas de marchepied. Il s'accroupit, s'avance un peu puis s'élance, les pattes en avant, et retombe sur le chemin, son butin autour du cou.

Après avoir ainsi sauté, il crie aux marchands : « Que Dieu vous garde ! Ces anguilles sont à moi, vous pouvez garder le reste ! » Les marchands sont stupéfaits. Ils crient : « Au goupil ! Au goupil ! » et se mettent à sa poursuite, mais Renart ne les attend pas.

« Nous avons été inconscients, disent-ils. Il fallait être fous pour ne pas se méfier de Renart. Il a presque vidé nos paniers. Ah ! Renart, continuent-ils, vous êtes un vaurien ! Que ces anguilles vous fassent crever !

– Dites ce que vous voulez, répond le goupil, je suis Renart et je me tais ! »

1. **Sauge** : herbe aromatique, qui sert à parfumer certains plats.
2. **Trois colliers d'anguilles** : on passe un fil à travers la tête des anguilles pour en faire des « colliers » et les transporter ainsi plus facilement.

Les marchands le poursuivent, mais ne peuvent le rattraper car son cheval est très rapide●. Épuisés, ils font demi-tour et abandonnent la partie en se traitant de tous les noms.

Renart, sans ralentir, galope jusqu'à son château, où l'attendent les siens. Il franchit la clôture. La noble● Hermeline, son épouse, vient à sa rencontre, ainsi que ses deux fils Percehaie et Malebranche. Une fois dans sa tour, Renart ferme la porte. Tous lui font fête, on est aux petits soins pour lui. Ses fils coupent les anguilles et en font des brochettes qu'ils posent sur la braise.

Renart s'échappe de la charrette, *manuscrit (XIIIe siècle) (Paris, BNF).*

● Renart est personnifié ; comme tous les barons, il possède un cheval qui va lui permettre de retrouver son château et sa famille. Sa femme est « noble », comme il convient à la femme d'un seigneur.

La tonsure d'Ysengrin

Pendant qu'ils faisaient cuire et rôtir les anguilles, le seigneur Ysengrin passa devant le domaine de Renart. Il était maigre et affamé, ayant chassé toute la journée sans rien attraper.

Flairant l'odeur inhabituelle qui s'échappait par la cheminée, il s'approcha d'une fenêtre pour voir ce qui se passait et se mit à réfléchir au moyen d'entrer. Il n'en pouvait plus de bailler de faim et se décida à appeler son compère :

« Seigneur Renart, ouvrez-moi la porte ! Je vous apporte de bonnes nouvelles ! »

Renart l'entendit et le reconnut, mais il fit la sourde oreille. Ysengrin insista : « Ouvrez, cher seigneur ! » Alors Renart, qui avait une idée derrière la tête, demanda : « Qui êtes-vous ?

– C'est moi.

– Qui ça, moi ?

– Votre compère.

– Ah ! Je vous avais pris pour un voleur !

– Mais non, quelle idée, c'est moi. Ouvrez-moi la porte !

– Attendez au moins que les moines• aient fini de manger, dit Renart. Ils viennent de se mettre à table !

– Les moines ? Il y a des moines chez vous ?

– En fait, ce sont plutôt des chanoines, ceux de l'abbaye de Tyron•. Je viens de rentrer dans leur ordre•.

Les moines sont des religieux qui vivent à l'écart du monde, dans des monastères ou des abbayes. Leurs supérieurs, les chanoines, font respecter les règles de leur ordre, par exemple celui de saint Benoît, qui a fondé l'ordre des Bénédictins. L'abbaye de Tyron a été fondée vers 1200, entre Tours et Chartres.

Nominidame[1] ! C'est vrai ? Dans ce cas, accordez-moi l'hospitalité !

– C'est possible, mais vous ne pourrez pas manger.

– Vous n'avez rien à manger ?

– Oh ! si, répond Renart, mais d'abord, j'ai une question à vous poser. Êtes-vous venu ici pour mendier ?

– Non, non, je voulais juste prendre de vos nouvelles.

– Ce n'est pas le moment, dit Renart.

– Dites-moi, reprend Ysengrin, est-ce de la viande que vous mangez ?

– Vous plaisantez, répond Renart, vous savez bien qu'en religion, on ne peut manger que du fromage et du poisson. Saint Benoît nous commande de ne jamais manger autre chose.

– Je ne le savais pas, dit Ysengrin, mais je vous demande de m'héberger pour aujourd'hui, car je ne sais où aller.

– Vous loger ? dit Renart, c'est impossible. Personne ne peut entrer ici, s'il n'est moine ou ermite[2]. Passez votre chemin. »

Ysengrin comprend qu'il n'arrivera pas à entrer chez Renart. Pourtant, il insiste :

« Le poisson, c'est bon à manger ? Donnez-m'en juste un morceau, pour goûter ! »

Renart prend alors sur la braise deux morceaux d'anguille, en mange un et apporte l'autre à Ysengrin qui attend à la porte, en disant : « Compère, approchez et acceptez cette nourriture de la part des moines, qui sont sûrs que vous serez des nôtres un jour.

1. **Nominidame** : déformation de « In nomine Domini » (Au nom du Seigneur). Ysengrin ne sait pas parler correctement le latin.
2. **Ermite** : personne qui vit à l'écart, dans un lieu isolé, consacrant sa vie à la méditation et la prière.

– C'est bien possible, répond Ysengrin, mais donnez-moi donc cette nourriture en attendant. »

L'autre lui donne le morceau d'anguille ; il le prend et l'engloutit aussitôt. Renart lui demande : « Alors, qu'est-ce que vous en pensez ?

– Seigneur Renart, Dieu vous le rendra. Donnez-m'en encore un morceau, très cher ami, pour me convaincre de devenir moine.

– Si vous voulez devenir moine, vous serez bientôt mon supérieur, dit alors Renart ; avant la Pentecôte, vous serez élu prieur ou abbé[1].

– Vous vous moquez de moi ?

– Pas du tout, cher seigneur. Je vous jure sur ma tête que vous feriez le plus beau moine de l'église.

– Et j'aurais du poisson autant que j'en voudrais ?

– Tant que vous voudrez, mais il faut d'abord vous faire raser, couper et tondre la barbe.

– Alors dépêchons-nous, dit Ysengrin.

– Vous aurez bientôt une belle tonsure•, répond Renart. Juste le temps de chauffer l'eau. »

Renart dit au loup de passer la tête par un trou de la porte. Ysengrin tend bien le cou. Renart, qui le prend vraiment pour un imbécile, lui verse l'eau bouillante sur la tête. Quelle méchanceté ! Ysengrin secoue la tête en grimaçant de douleur. Il recule en s'écriant : « Ah ! Renart, je suis mort ! Vous m'avez fait une tonsure bien trop grande !

1. **Prieur et abbé** : grades supérieurs dans la hiérarchie du monastère.

On tondait ou on rasait le sommet du crâne des moines, pour montrer qu'ils étaient entrés dans les ordres : c'était la *tonsure*.

– Mais non, répond Renart en lui tirant la langue, elle est exactement de la bonne taille.

– Ce n'est pas possible, dit Ysengrin.

– Je vous assure que si. Il faut que vous sachiez aussi que la règle du couvent exige que vous passiez la première nuit dehors, à l'épreuve.

– Je ferai tout ce qu'on me commande, dit Ysengrin. »

Et il fait serment à Renart de ne lui faire aucun mal et de suivre ses conseils.

Renart sort de chez lui par une porte secrète et se rend auprès d'Ysengrin qui gémit d'avoir été rasé de si près : il n'a plus ni poil ni peau !

Tous deux s'en vont sans plus tarder, et ils arrivent bientôt au bord d'un étang.

La pêche à la queue

C'était un peu avant Noël, à l'époque où on sale les jambons[1]. Le ciel était clair et plein d'étoiles, et l'étang où Ysengrin devait pêcher était tellement gelé qu'on aurait pu danser dessus. Les paysans avaient creusé un trou dans la glace pour faire boire le bétail, et ils y avaient laissé un seau.

Arrivé là, Renart s'adressa à son compère : « Approchez-vous, seigneur. C'est ici qu'on trouve plein de poissons, et voici l'instrument avec lequel nous pêchons les anguilles, les barbeaux et tous les autres beaux poissons.

– Frère Renart, dit Ysengrin, prenez donc le seau et attachez-le moi solidement à la queue. »

Renart prend le seau, et l'attache le mieux possible à la queue du loup.

« Frère, dit-il, il faut maintenant que vous restiez tranquille, sans bouger, pour que les poissons arrivent. »

Renart se met un peu à l'écart dans un buisson, pose son museau sur ses pattes et observe la scène : Ysengrin est sur la glace, la queue plongée dans l'eau. Mais l'eau commence à geler, et emprisonne peu à peu la queue du loup. Celui-ci essaie à plusieurs reprises de tirer le seau, mais il n'y arrive pas. Il appelle alors Renart, car le jour commence à se lever.

Renart lève la tête, regarde autour de lui et dit :

« Allons-nous en, mon cher ami, nous avons pris assez de poisson.

– Renart, s'écrie Ysengrin, j'en ai pris beaucoup trop ! Le seau est trop lourd, je ne peux le retirer ! »

1. **On sale les jambons** : pour conserver la viande, on la recouvre de sel. Voir note page 15.

Alors Renart se met à rire et lui dit : « Quand on veut tout avoir, on perd tout ! »

La nuit est finie, voici le jour. Le soleil se lève, les chemins sont blancs de neige. Monseigneur Constant des Granges, un châtelain des environs, s'est levé de bonne humeur ; il sonne le cor, rassemble ses chiens et fait seller son cheval. Entendant ces bruits, Renart détale et va vite se cacher dans sa tanière. Mais Ysengrin, lui, reste en mauvaise posture : il tire dans tous les sens, au risque de s'arracher la peau. S'il veut échapper aux chasseurs, il lui faudra renoncer à sa queue !

Pendant qu'il essaie de se libérer, voici qu'arrive un serviteur avec deux chiens en laisse. Il aperçoit Ysengrin, tout gelé et le crâne pelé, l'examine de plus près et crie : « Au loup ! À l'aide, à l'aide ! » À ces cris, les chasseurs accourent avec les chiens. Ysengrin n'est pas à la fête, car le châtelain les suit en hurlant : « Pied à terre[1] ! Lâchez les chiens ! » On détache les chiens qui se précipitent sur le loup. Ysengrin se défend vaillamment. Que faire d'autre ? Il aurait préféré la paix.

Constant des Granges arrive, l'épée à la main, et s'approche du loup par derrière. Il veut l'assommer, mais il rate son coup, glisse sur la glace et tombe à la renverse, se blessant à la tête. Il se relève à grand-peine, et repart à l'attaque : quel combat !

Il croit atteindre la tête du loup, mais le coup arrive ailleurs. L'épée descend vers la queue, et la coupe au ras des fesses ! Il ne l'a pas raté ! Ysengrin a senti le coup ; il fait un saut de côté et s'enfuit en mordant les chiens qui lui collent au derrière. Il a perdu sa queue et il en a le cœur brisé. Il court jusqu'à la colline où les chiens abandonnent enfin la poursuite, puis il entre vite dans le bois. Là, il jure qu'il se vengera de Renart, son ennemi éternel !

1. **Mettre pied à terre** : descendre de cheval.

Renart et Tybert le chat

Le chat Tybert, dans une rue, s'amusait tout seul avec sa queue, tournait en rond, faisait des bonds. Il aperçut Renart qui l'observait, et le reconnut à son poil roux. Aussitôt, il le salua : « Seigneur, dit-il, soyez le bienvenu ! » L'autre répondit brutalement : « Tybert, je ne vous salue pas. Ne vous mettez jamais sur mon chemin, car à la moindre occasion, je vous frapperais avec plaisir. » Renart semble très en colère et Tybert se contente de répondre doucement : « Seigneur, je suis désolé que vous soyez en colère contre moi. »

Mais Renart n'avait rien mangé depuis longtemps, il était faible et fatigué, et n'avait pas envie de se battre contre Tybert. Le chat, lui, était frais et dispos, ses dents étaient pointues et ses griffes aiguisées. Renart préféra donc changer de ton : « Tybert, dit-il, j'ai entrepris une guerre terrible contre Ysengrin. J'ai engagé beaucoup de soldats et j'aimerais que vous fassiez partie de ma troupe, car je pense qu'il y aura beaucoup de combats avant qu'on fasse la paix. »

Tybert est tout joyeux à cette idée, et il s'engage aussitôt : « Seigneur, dit-il, vous pouvez compter sur moi : j'ai une petite affaire à régler avec Ysengrin. » Les voilà tous deux en chemin. Apparemment, ils ont prêté serment de fidélité, mais chacun est prêt à trahir l'autre, ils se détestent toujours autant.

En regardant le chemin devant lui, Renart aperçut un piège, qu'un paysan avait placé. Comme il est rusé, Renart évita le piège, mais il avait bien envie d'y faire tomber le chat.

« Tybert, dit-il, voyons si votre cheval est rapide[1]. Prenez ce chemin qui longe le bois : il est tout droit, sans creux ni bosse. Faites un galop et nous verrons comment il sait courir.

1. **Voyons si votre cheval est rapide** : voir note page 29.

– Volontiers, répond Tybert. » Il prend son élan et part au galop. Arrivé devant le piège, il comprend ce qui l'attend, recule un peu et passe à côté. Alors Renart, qui a tout vu, lui dit : « Ce n'est pas bon du tout. Vous faites aller votre cheval de travers. Il faut recommencer, mais cette fois-ci, tout droit ! »

Tibert, pour la seconde fois, fait courir son cheval jusqu'au piège. Arrivé là, il ne fait pas d'écart, mais saute par-dessus. Renart comprend qu'il ne parviendra pas à tromper le chat ; il s'approche alors et se moque de lui : « Franchement, Tybert, votre cheval ne vaut rien. Soit il se cabre, soit il va de travers. On ne peut rien faire avec lui. » Tybert veut montrer que son cheval n'est pas si mauvais et il essaye encore et encore.

Pendant qu'il est en train de courir, voici qu'arrivent deux gros chiens, qui se mettent à aboyer et poursuivent Renart. Celui-ci s'enfuit, très effrayé. Mais Tybert, lui, profitant de l'occasion, pousse Renart qui tombe dans le piège. Le voilà prisonnier, le pied coincé dans l'appareil !

Tybert est fou de joie, et il crie à Renart : « Renart, Renart, c'est vous qui resterez ici ; moi, je m'en vais ! À malin, malin et demi[1] ! »

Renart est en mauvaise posture : les chiens s'approchent. Le paysan qui avait posé le piège arrive à son tour, et lève sa hache pour décapiter le goupil. Le coup passe très près, mais glisse sur le piège et l'ouvre. Alors Renart libère sa patte et s'enfuit, grièvement blessé. Il disparaît dans la forêt, poursuivi par les chiens. Sa plaie le brûle et lui fait mal, et il se rappelle avec horreur la hache qui a failli le tuer.

1. **À malin, malin et demi** : proverbe signifiant « On peut parfois tomber sur quelqu'un de plus malin que soi. »

Renart, Tybert et l'andouille

Comme Renart se promenait sur les chemins, mourant de faim, le chat Tybert se trouva devant lui sans réfléchir. À sa vue, le goupil frémit de plaisir : il voudrait bien le punir de l'avoir poussé dans le piège. Mais il fait semblant d'avoir oublié et demande : « Tiens, Tybert, quel bon vent vous amène ? » Le chat se prépare à s'enfuir, mais Renart le rassure : « Ne fuyez pas, n'ayez pas peur. Nous nous sommes juré fidélité, souvenez-vous. J'ai pris ce chemin dans l'espoir de vous rencontrer… » Alors Tybert revient vers Renart, mais il aiguise ses griffes, au cas où Renart voudrait l'attaquer.

Les deux compères se remettent en route et renouvellent leur serment de fidélité●.

Pendant qu'ils marchent tous les deux, malades de faim, voici qu'ils trouvent une belle andouille[1], par terre, près de la route ; Renart l'attrape aussitôt et Tybert lui dit : « N'oubliez pas que j'ai droit à une part, moi aussi.

– Qui parle de vous oublier ? répond Renart. Je vous ai donné ma parole, non ? »

Mais Tybert n'a pas vraiment confiance et il propose de manger l'andouille tout de suite.

1. **Andouille** : sorte de grosse saucisse qui se mange froide.

● **Renart et Tybert se sont juré fidélité dans l'épisode précédent. Les seigneurs du Moyen Âge faisaient ainsi des pactes, des alliances lorsqu'ils partaient en guerre contre leurs ennemis.**

« Ah ! non, répond Renart, on n'est pas tranquilles ici. Allons un peu plus loin.

– D'accord, répond Tybert, qui a compris qu'il ne peut rien faire. »

Renart s'empare de l'andouille et la saisit par le milieu, entre ses dents, si bien qu'elle pend des deux côtés. Tybert est désolé de voir Renart porter l'andouille de cette façon. Il se rapproche de lui et lui fait des reproches :

« Qu'est-ce que c'est que cette façon de porter cette andouille ? Vous ne voyez pas qu'elle est en train de se salir ? Vous la traînez dans la poussière et vous bavez dessus. Franchement, c'est dégoûtant ! Si ça continue comme ça, je vous laisserai ma part, c'est sûr.

– Ah bon ! Et vous feriez comment, vous ? demande Renart.

– Passez-la moi, vous allez voir. Et d'ailleurs, ajoute Tybert, c'est à mon tour de la porter, puisque vous l'avez vue en premier. »

Renart ne songe pas à refuser : au contraire, il se dit que si le chat porte le fardeau, il pourra encore moins se défendre. Donc, il accepte, et Tybert prend délicatement l'andouille dans sa bouche par une extrémité, puis il la balance sur son dos. Il se tourne alors vers Renart et lui dit :

« Voyez, mon ami, c'est comme cela qu'il faut faire : elle ne touche pas terre et je ne la salis pas avec ma bouche. Allons donc jusqu'à ce talus où il y a une croix. Nous nous arrêterons là pour manger et nous serons bien tranquilles car nous pourrons surveiller de tous les côtés. » Ayant ainsi parlé, Tybert se met à courir vers la croix.

Renart est en colère, car il a deviné la ruse du chat. Il crie :

« Attendez-moi, voyons !

– Tout va bien, répond le chat. Dépêchez-vous de me rejoindre ! »

puis il escalade la croix en un éclair, grâce à ses griffes, et s'installe sur un des bras. Renart est très contrarié, il a compris que l'autre se moque de lui.

« Alors, Tybert, dit-il, qu'est-ce qu'on fait, maintenant ?

– C'est parfait, répond le chat. Montez donc et installez-vous, nous allons manger.

– J'en suis incapable, dit Renart. Mais vous, descendez. Ou bien, faites un beau geste : jetez-moi ma part et nous serons quittes.

– Renart, qu'est-ce que vous dites ? Vous avez bu ou quoi ? Vous savez bien qu'une andouille c'est une chose sacrée et qu'on ne peut en manger que sur une croix ou sur une église !

– Tybert, il n'y a pas assez de place là-haut pour nous deux. Soyez généreux : si vous ne voulez pas descendre, jetez-moi la part qui me revient, je prendrai le péché sur moi●.

– Mais vous êtes vraiment malade ! Vous me demandez de jeter par terre une chose sacrée ! Écoutez, il n'y a qu'une chose à faire : pour cette fois-ci, vous allez vous en passer, et la prochaine andouille que nous trouverons, je vous promets qu'elle sera entièrement pour vous, je n'en accepterai pas une miette.

– Tybert, Tybert, dit Renart, nous nous retrouverons. Jette-m'en au moins un petit morceau.

– C'est incroyable ! dit Tybert. Vous ne pouvez pas attendre qu'une autre andouille vous tombe entre les pattes ? Vous êtes incapable de jeûner[1]... »

Tybert abandonne la discussion et se met à manger l'andouille. À ce spectacle, Renart a les larmes aux yeux.

1. **Jeûner** : rester sans manger.

● **Tybert fait croire à Renart que la religion interdit de manger une andouille ailleurs que dans un lieu sacré ; mais Renart, qui ne peut monter sur la croix, est prêt à commettre un péché : il accepte de manger l'andouille en restant par terre.**

« Renart, dit alors Tybert, je suis heureux de voir que vous pleurez pour les péchés que vous avez commis. Dieu voit votre repentir et il allégera votre pénitence● !

– Pour le moment, je ne peux rien faire, répond Renart, mais tu finiras bien par descendre un jour. En tout cas, quand tu auras soif, il faudra bien venir de mon côté.

– Vous ne vous imaginez pas comme Dieu est bon pour moi, répond le chat. Il y a un creux dans le bois à côté de moi, rempli d'eau de pluie, et j'ai de quoi boire autant que je veux.

– Vous avez beau dire, réplique Renart, il faudra bien descendre, tôt ou tard.

– Pas avant des mois, répond Tybert.

– En tout cas, avant sept ans, répond Renart. Je jure de ne pas partir d'ici avant de t'avoir attrapé.

– Attention, répond le chat, si on ne tient pas son serment, on va en enfer !

– Je le tiendrai, réplique Renart, je jure sur la croix que je ne bougerai pas d'ici pendant sept ans s'il le faut.

– Je vous plains, dit alors Tybert. Rester sans manger pendant sept ans, c'est bien cruel. Mais enfin, ce qui est juré est juré. Je ne dis plus rien. »

Tybert se remet à manger l'andouille et Renart est fou furieux ! Il transpire et ne sait que faire, il est au supplice.

Mais soudain il oublie sa douleur, car il entend l'aboiement d'un chien qui a trouvé sa trace.

« Qu'est-ce que j'entends ? demande-t-il en levant la tête.

● Dans la religion chrétienne, lorsqu'on a commis des péchés, on doit faire une pénitence (accomplir une sorte de punition) si l'on veut être pardonné par Dieu et entrer au paradis.

– Ne bougez pas, répond le chat. C'est une procession qui se dirige vers ici, pour faire des prières devant la croix. Restez donc, car je me souviens que vous avez été prêtre. »

Renart a reconnu les chiens ; il se rend compte qu'il est en mauvaise posture et décide de s'enfuir au plus vite. Tybert, le voyant déguerpir, lui dit :

« Mon Dieu, Renart, que faites-vous ? Avez-vous oublié votre serment ? Restez, je vous en prie, vous avez juré de ne pas bouger d'ici pendant sept ans ! Je parlerai aux chiens s'il le faut et je leur demanderai de vous épargner... »

Mais Renart le quitte et court le plus vite possible pour échapper aux chiens qui sont à sa poursuite. Il connaît le pays comme sa poche et arrive à les semer. Cela ne l'empêche pas de maudire Tybert : il lui voue une haine éternelle, ne le laissera jamais en paix. Gare à lui s'il croise son chemin !

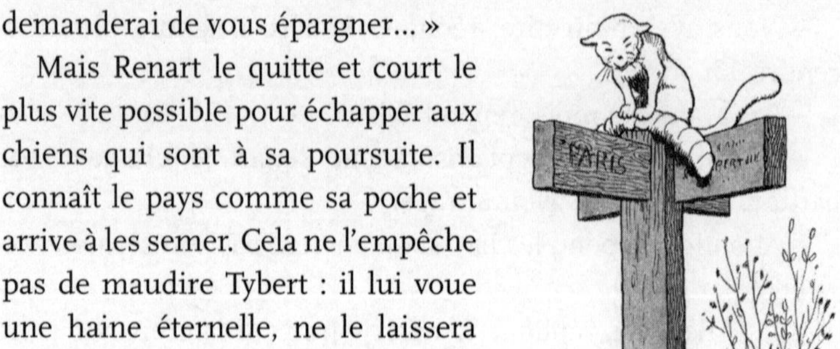

Benjamin Rabier (1864-1939), illustration pour Le Roman de Renart, *Tallandier Éditions (1909).*

Tybert perd sa queue

C'était en mai, au printemps, au moment de l'Ascension[1]. Renart était dans sa maison, sans provisions ni victuailles. Il avait grand faim et se sentait faible. Il sortit donc de chez lui et tomba nez à nez avec Tybert :

« Tybert, mon cher ami, où allez-vous donc ? Dites-le moi.

– Eh bien, répondit Tybert, je voulais entrer chez un paysan qui habite par ici. Sa femme a caché un grand pot de lait dans une huche[2], et je voudrais bien en avoir. Si tu veux venir avec moi, je peux te montrer l'endroit. Mais il faut être franc avec moi : il y a des poules et des coqs.

– D'accord, dit Renart, je te donne ma parole : je te suis, c'est toi qui décides. »

Ils s'approchent de la maison, en font le tour sans faire de bruit et finissent par découvrir un pieu cassé qui leur permet d'entrer dans l'enclos.

« Renart, dit alors le chat, voici comment nous allons faire : nous allons d'abord entrer dans la maison, car si on commence par le poulailler, on risque d'éveiller les chiens, et du coup on ne pourra rien faire. Reste avec moi jusqu'au bout et si tu aimes le lait, tu en auras autant que tu veux.

– D'accord, répondit Renart. »

Tybert, très malin, entre le premier. Il demande à Renart de soulever le couvercle de la huche pour s'approcher du lait et se

1. **L'Ascension** : fête religieuse commémorant la montée au ciel du Christ, après sa résurrection.
2. **Huche** : sorte de coffre dans lequel on range le pain et certains aliments.

met à boire à grands traits. Le couvercle est lourd et Renart a du mal à le tenir levé. Il appelle Tybert :

« Tybert, dépêche-toi de boire et sors de là ! Par saint Denis, j'ai du mal à tenir ce couvercle ! »

Mais le chat est occupé à boire et il n'écoute pas. Pire, une fois rassasié, il renverse le pot et répand le lait qui y restait ! Renart est furieux : « Espèce de goinfre, pourquoi avoir renversé ce pot ? Allez, dépêche-toi de sortir de là, je n'en peux plus ! »

Tybert prend son élan et atteint le bord de la huche. À ce moment-là, Renart laisse tomber avec force le lourd couvercle sur la queue du chat ! Il n'a pas fait semblant et la queue est coupée net ! Tybert pousse un cri de douleur et s'adresse au goupil :

« Renart, tu m'as bien mal arrangé : tu m'as coupé la queue !

– Moi ? Pas du tout ! C'est toi qui as fait tomber le couvercle ! Mais de toute façon, tu devrais être content : te voilà plus léger à présent, sans rien qui te gêne. Moi, j'aimerais bien ne pas avoir cette queue si longue.

– Je ne t'ai rien demandé, répond Tybert. Ah çà ! tu es très fort pour le baratin ! Il vaut mieux nous quitter maintenant. D'ailleurs, je crois entendre les chiens, tu ferais mieux d'oublier les poules. Moi je m'en vais.

– D'accord, répond Renart. Nous n'avons plus rien à faire ensemble, j'en conviens. Adieu, nous nous reverrons une autre fois.

– C'est ça, répond Tybert en le quittant. Nous nous reverrons, oui, mais devant la cour du roi●. »

● Le roi Noble, le lion, tient sa cour de justice : il règle les conflits, punit les coupables et défend les victimes, comme le faisait le roi saint Louis, qui rendait la justice sous un chêne.

Renart et Ysengrin dans le puits

Je vais raconter ici un bon tour du maître de la ruse et de l'astuce, je veux parler de Renart, vous savez, celui qui trompe et dore la pilule à tout le monde●.

Un jour qu'il cherchait de la nourriture dans une autre partie du pays, tourmenté par la faim (son ventre et ses boyaux le faisaient gémir de douleur), il sortit d'un bois et aperçut un enclos à côté d'un champ d'avoine. Il y avait une abbaye et, tout près, une ferme solidement construite, entourée de murs épais et protégée par des fossés. Elle renfermait tout ce que Renart pouvait souhaiter : poules et chapons en quantité. Mais comment y entrer ? Renart court à droite et à gauche, sans rien trouver. Mais en s'aplatissant devant la porte il aperçoit un petit espace et arrive à se glisser à l'intérieur. Le voilà dans la place, mais il lui faut faire attention : si les moines le voient, ils ne lui feront pas de cadeau. Il hésite un instant, songe même à rebrousser chemin car il a peur, mais la faim le presse tellement qu'il revient vers les poules. Il y en a trois qui se sont blotties sur un tas de foin pour dormir. Il s'approche sans bruit, les étrangle toutes les trois, en mange deux et emporte la troisième pour la faire cuire !

Mais, arrivé à la porte, notre trompeur a une grande envie de boire. Justement, il y a un puits dans la cour. Renart s'y précipite, mais il est impossible d'arriver jusqu'à l'eau.

Seigneurs, écoutez bien l'aventure : dans le puits il y a deux seaux ; l'un remonte quand l'autre descend. Renart s'est appuyé

● **Le narrateur s'adresse au public (voir note page 27), en rappelant la principale caractéristique de Renart : il est rusé et trompe tout le monde par ses belles paroles.**

sur la margelle et regarde au fond du puits. Il aperçoit son reflet et croit que c'est sa femme Hermeline ! Mécontent, il lui demande : « Dis-moi, que fais-tu là-dedans ? » Sa voix remonte en écho : le voilà perplexe ! Il s'avance encore un peu, met les deux pattes dans le seau et, sans comprendre ce qui lui arrive, le voilà qui descend ! Vraiment, quelle aventure ! Il est dans un drôle de pétrin : il souffre le martyre, sa fourrure est trempée et il se maudit d'avoir été si bête.

Seigneurs, au même moment, la même nuit à la même heure, Ysengrin était de fort mauvaise humeur. Il cherchait à manger lui aussi et se trouvait près de la ferme des moines. Avisant le puits, il s'y accouda comme l'avait fait Renart et regarda au fond. Apercevant son reflet dans l'eau, quelle surprise ! Il lui sembla reconnaître sa femme Hersent, à côté de Renart. Il se mit alors à hurler de toutes ses forces, insultant sa femme et l'accusant de le tromper avec Renart.

Ce dernier le laissa crier un bon moment, puis il dit : « Quelle est cette voix qui m'appelle, mon Dieu ?

– Qui es-tu ? demande Ysengrin

– C'est moi, votre ancien voisin et ami ! Celui que vous aimiez tant. Mais maintenant il faut m'appeler « feu Renart »...

– Ah ! Je respire, répond Ysengrin. Mais depuis quand es-tu donc mort ?

– Depuis l'autre jour, répond Renart. Dieu, dans sa bonté, m'a tiré de la vie misérable que nous avons sur terre. Je vous supplie de me pardonner les misères que je vous ai faites.

– Je ne vous en veux plus, répond le loup, et même, je suis triste que vous soyez mort !

– Pas moi ! répond alors Renart. Au contraire, j'en suis ravi ! Mon corps est enterré dans un cercueil, près de ma femme, dans ma tanière, mais mon âme est ici, au paradis. Ici on a tout ce que l'on peut souhaiter, du gibier en quantité, des moutons et des vaches, des lièvres, des poules aussi. »

Ysengrin voudrait bien entrer au paradis lui aussi. Il supplie Renart de l'aider, mais celui-ci ne veut rien entendre. Enfin il lui montre le seau du doigt et lui dit : « Vous pouvez voir la fameuse balance. » Seigneurs, écoutez ce prodige ! Il lui fait croire que c'est la balance à peser le Bien et le Mal !

Ysengrin jure qu'il s'est confessé, fait une prière et demande l'absolution de ses péchés. Pendant ce temps, Renart était dans le seau du bas. Il avait joué de malchance en s'y mettant, à Ysengrin maintenant de connaître la même mésaventure !

Quand il eut bien prié et rendu grâce à Dieu, Ysengrin s'installa dans le seau du haut, croyant faire peser son âme. Comme il était plus lourd, le seau se mit à descendre, faisant du même coup remonter celui dans lequel se trouvait Renart. Ils se croisèrent à mi-chemin, à la grande surprise d'Ysengrin : « Compère, pourquoi t'en vas-tu ?

– C'est la coutume, répond Renart. Quand l'un arrive, l'autre s'en va. Me voici sorti des griffes du diable et tu rejoins le monde des démons ! »

En prononçant ces derniers mots, Renart avait atteint le rebord du puits. Il sauta à terre sans demander son reste et ne cessa de courir jusqu'à ce qu'il soit bien loin de l'abbaye.

Dans la religion chrétienne, une croyance veut que l'on pèse les âmes dans une balance, pour savoir si elles ont fait de bonnes ou de mauvaises actions, et si elles peuvent ou non aller au paradis.

Lorsqu'on a confessé (avoué) ses péchés et qu'on a fait pénitence, on obtient l'absolution, c'est-à-dire qu'on est pardonné.

Ysengrin et Hersent portent plainte devant la cour du roi

L'hiver venait de se terminer, la rose s'épanouissait et l'aubépine était en fleur. Le roi Noble, à l'approche de l'Ascension, convoqua toutes les bêtes en son palais pour tenir sa cour. Tout le monde accourut, sauf Renart, ce mauvais larron, ce fourbe[1]. Et tous se mirent à l'accuser devant le roi, se plaignant de ses ruses et de son orgueil. Ysengrin parla le premier et s'adressa ainsi au roi :

« Cher et noble roi, je demande justice de tout ce que m'a fait subir Renart : il a violé ma femme Hersent et il a insulté mes louveteaux. Il a dit qu'il n'avait rien fait de tout cela, mais il n'a pas voulu le jurer. »

Le roi, après l'avoir entendu, lui répondit :

« Ysengrin, renoncez à ce procès. Croyez-moi, vous n'avez aucun intérêt à rappeler la honte que vous avez subie. Il vaut mieux se taire dans ce genre d'affaire. »

Brun l'ours prit alors la parole :

« Sire, le loup Ysengrin est assez puissant pour se venger lui-même. S'il ne l'a pas fait, c'est qu'il obéit à la paix que vous avez ordonnée. Si Ysengrin accuse Renart, il faut que justice soit faite. Envoyez quelqu'un chercher Renart à Maupertuis : je peux m'en charger, je le ramènerai si je le trouve.

– Sire Brun, dit alors Bruyant le Taureau, malheur à celui qui conseillera au roi de donner une simple amende à Renart. Il a commis tant de crimes, causé du tort à tant de bêtes que personne ne doit l'aider. »

1. **Fourbe** : hypocrite (menteur et trompeur).

Le blaireau Grimbert prit alors la parole :

« Sire Bruyant, il faut garder le sens des proportions ! Il n'y a pas eu de violence ni de porte brisée. Renart aime sans doute Hersent depuis longtemps et elle n'aurait sûrement jamais porté plainte. C'est Ysengrin qui est jaloux. Mais pourquoi en avoir parlé au roi et aux barons ? Tout le monde va se moquer de dame Hersent maintenant ! »

Ces paroles firent rougir dame Hersent et elle répondit en soupirant :

« Vous avez raison, sire Grimbert. J'aurais préféré qu'Ysengrin et Renart restent bons amis. Jamais Renart n'a rien fait de mal avec moi, je le jure. Depuis notre mariage il y a dix ans, j'ai été fidèle, je peux le jurer sur tous les saints. Je suis même prête à subir le "Jugement de Dieu"•. Ce n'est pas pour faire plaisir à Renart que je parle ainsi, mais je le dis pour Ysengrin : il est tellement jaloux qu'il s'imagine toujours être cocu•. »

Bernard, l'âne, était tout heureux d'entendre de telles paroles, et il s'exclama : « Ah ! noble dame, j'aimerais bien que toutes les femmes soient aussi loyales que vous ! Les gens sont tellement médisants : ils disent tous que Renart a couché avec vous, mais vous venez de jurer qu'il n'en est rien... Oh ! roi noble et généreux, faites grâce à Renart. Je vais le chercher si vous voulez et il paiera l'amende que vous déciderez. »

• Le jugement de Dieu : on brûlait l'accusé avec de l'eau bouillante ou un fer rouge. Si la peau ne gardait aucune trace de la brûlure, on considérait que la personne était innocente ! Cette pratique était courante au Moyen Âge dans les tribunaux.

• Comme dans une farce, l'auteur du *Roman de Renart* n'hésite pas à employer un vocabulaire familier pour faire rire son public.

L'assemblée déclara alors : « Sire, convoquez encore une fois Renart et, s'il ne se présente pas devant la cour, il faut lui infliger une correction dont il se souviendra.

– Vous avez tort de vouloir à tout prix juger Renart, dit le roi Noble. Malgré tous ses crimes, je ne veux pas l'humilier. Hersent n'a qu'à subir le "Jugement de Dieu", voilà tout.

– Holà ! Sire, pas question ! Si Hersent garde la marque du feu, tout le monde le verra et me traitera de cocu et de jaloux. Je préfère retirer ma plainte et me venger moi-même.

– Allez au diable, répliqua alors le roi. Vous voulez la guerre, c'est ça ? Par saint Léonard, je connais bien Renart : il peut vous faire plus de mal que vous ne pouvez lui en faire vous-même. De plus, la paix est proclamée, la tranquillité règne dans le royaume. Et si quelqu'un s'avise de rompre cette paix, il passera un mauvais quart d'heure. »

En entendant le roi, Ysengrin ne sait que faire. Il reste assis là, indécis. Quelle chance pour Renart que le roi ait imposé la réconciliation !

La cour du roi, *manuscrit (XIVe siècle) (Paris, BNF).*

Chantecler, Pinte et ses sœurs demandent justice

La guerre entre Renart et Ysengrin aurait peut-être pris fin si Chantecler et Pinte n'étaient venus à la cour, accompagnés de trois autres poules, pour porter plainte contre Renart. Il y avait Noire, et Blanche, et Roussette, qui tiraient un cercueil où se trouvait une poule morte la veille. Renart s'était acharné sur elle à coup de dents et lui avait arraché l'aile et la cuisse. Chantecler et Pinte arrivent donc en frappant des mains et en criant :

« Ah, mon Dieu ! nobles bêtes, aidez-nous de vos conseils ! J'avais cinq frères, Renart les a tous dévorés ! J'avais quatre sœurs, certaines très jeunes, et d'autres déjà magnifiques. Gombert de Fresne les engraissait pour qu'elles pondent. Le pauvre ! Ça n'a servi à rien puisque Renart les a toutes dévorées et n'en a laissé qu'une ! Ah ! Copette, ma chère sœur, vous étiez tendre et grassouillette ! Comment vais-je pouvoir vivre sans vous ? Renart, que le feu de l'enfer te brûle ! Combien de fois nous a-t-il pourchassées, persécutées, poursuivies jusqu'aux barrières en déchirant nos robes ! Hier, il a jeté devant ma porte le cadavre de ma sœur avant de s'enfuir. Gombert de Fresne n'a pas de cheval rapide et il n'a pu le poursuivre ; je ne trouve personne qui veuille me rendre justice ! »

À ces mots, Pinte tombe évanouie sur le sol et ses trois compagnes font de même. Le chien, le loup, les autres bêtes se précipitent et leur versent de l'eau sur la tête... Revenues à elles, elles se jettent aux pieds du roi qui s'est assis sur son trône, et Chantecler s'agenouille aussi, inondant de ses larmes les pieds du roi.

À cette vue, le roi est envahi de pitié. Il pousse un cri terrible qui emplit de terreur même les plus courageux. De colère il redresse la queue et il s'en frappe lui-même avec désespoir. Tout le palais résonne de ses coups. Puis il parle :

« Dame Pinte, par la foi que je dois à l'âme de mon père, je suis désolé de votre malheur et je vais punir Renart. Vous pourrez voir vous-même que la vengeance sera terrible : il sera châtié de façon exemplaire pour son crime et pour son orgueil. »

À ces mots, Ysengrin se redresse : « Sire, vous êtes un grand roi. On chantera partout vos louanges si vous vengez Pinte et sa sœur Copette. Je ne dis pas cela par haine, mais à cause de la demoiselle qu'il a tuée.

– Je suis très triste de voir ce cercueil et le malheur de ces poules, reprend le roi. Devant vous tous, solennellement, j'accuse donc Renart d'insolence et d'orgueil, et je veux le punir d'avoir rompu la paix. Mais d'abord, il y a plus urgent : Brun, vous allez prendre une étole[1] et vous prierez pour le repos de cette âme. Vous, seigneur Bruyant, creusez une tombe dans ce champ, là-bas. »

Au commandement du roi, on célèbre donc les funérailles de Copette. Tardif le limaçon lit les trois prières, Roënel le chien et Brichemer le cerf se chargent de chanter les versets[2]. L'office terminé, on porte le corps en terre sous un arbre, et on pose par-dessus une dalle de marbre sur laquelle est gravée l'épitaphe[3] suivante :

1. **Étole** : bande de tissu décoré que porte le prêtre lorsqu'il dit la messe.
2. **Versets** : les textes de la Bible sont découpés en passages numérotés, ce sont des versets.
3. **Épitaphe** : inscription gravée sur un tombeau, indiquant généralement le nom de la personne qui est enterrée là.

Ci-gît Copette, la sœur de Pinte.
Elle a vécu comme une sainte
Mais Renart l'a cruellement
Martyrisée à coups de dents.

La douleur de Pinte et de Chantecler est si grande qu'elle émeut tous les membres de l'assistance.

Leur chagrin apaisé, les barons se tournèrent vers le roi : « Majesté, il faut nous venger de ce voleur qui s'est moqué de nous et a enfreint la loi.

– Très volontiers, répond le roi Noble. Brun, mon cher frère, allez donc le chercher et dites-lui de ma part que je l'ai attendu trois jours.

– Je le ferai très volontiers, Sire, répond Brun. »

Et sur le champ il se met en route, marchant sans s'arrêter ni se reposer.

La mission de Brun l'ours

Maintenant, si Renart ne trouve pas de ruse, ça va chauffer pour lui, car Brun est déjà parvenu à Maupertuis, au cœur de la forêt. Renart s'est réfugié au fond de sa tanière : il a une grosse poule pour son déjeuner et a mangé dès le matin de belles cuisses de poulet. À présent il se repose, bien tranquille. Brun ne peut entrer car il est trop gros ; il reste donc près de la barrière et crie :

« Renart, c'est moi, Brun, le messager du roi ! Sortez et vous saurez ce que le roi vous veut ! » Renart sait bien que c'est l'ours, il l'a reconnu à sa façon de marcher. Il se demande comment il va pouvoir s'en débarrasser.

« Brun, mon cher ami, vous êtes sûrement épuisé d'avoir dû venir jusqu'ici ! Je m'apprêtais justement à partir, après avoir mangé une délicieuse spécialité française. Je m'étais préparé dès midi du lard avec des pois, pour ne pas avoir faim, et ensuite j'ai mangé au moins sept gâteaux de miel nouveau.

– Au nom de Dieu, s'exclame Brun, par saint Gilles, d'où vient ce miel ? C'est ce que j'aime le plus au monde. Mon cher seigneur, montrez-moi où vous l'avez trouvé, pour l'amour de Dieu ! »

Renart a un petit sourire : c'est si facile de rouler l'ours Brun !

« Brun, dit-il, si j'étais sûr que vous êtes un ami loyal, je vous donnerais tout de suite ce bon miel tout frais qui est là-bas, juste à l'entrée du bois de Lanfroi, le forestier. Mais à quoi bon ? Je sais que vous me voulez du mal.

– Quoi ? Que dites-vous, seigneur Renart ? Vous vous méfiez de moi ? Vous êtes fou ! J'ai juré à Noble le roi de ne jamais être déloyal.

– En ce cas, je vous crois, répond Renart, et je veux bien vous faire confiance. »

Ils se mettent donc en route et se dirigent, bride abattue[1], vers le bois de Lanfroi le forestier. Celui-ci avait commencé à fendre un chêne et avait enfoncé deux coins[2] pour tenir la fente ouverte.

« Brun, mon cher ami, la ruche est là-dedans. Mets-toi à table, et ensuite nous irons boire ! »

Et Brun l'ours mit son nez dans le chêne, ainsi que ses deux pattes de devant, pendant que Renart l'excitait, lui disant d'avancer davantage le museau. Mais il n'y avait pas de miel dans le chêne et Renart, empoignant les deux coins, tira dessus à grand-peine et les sortit de la fente. Pauvre Brun ! le voilà pris au piège, le museau et les pattes coincés dans le tronc !

Renart se moque de lui, l'accusant de manger seul et de ne pas vouloir partager.

Et voici qu'arrive le forestier Lanfroi. À la vue de l'ours pendu au chêne, il retourne au village en criant : « Au secours, au secours ! À l'ours ! à l'ours ! » Les paysans accourent, armés de gourdins et de haches, convaincus qu'ils pourront facilement tuer l'ours.

Brun a grand-peur pour sa peau, il essaie par tous les moyens de se dégager, tire de tous les côtés, au prix de mille souffrances. Il tire si fort que sa peau se déchire et qu'il arrive à sortir du chêne en y laissant son museau. Il a perdu beaucoup de sang, mais il s'enfuit à travers le bois, poursuivi par les paysans. Maintenant Renart est sûr de passer un mauvais quart d'heure si Brun le rattrape ; mais il s'est réfugié dans Maupertuis, sa forteresse, où il ne craint rien ni personne.

Brun continue à fuir à vive allure et, avant midi, arrive à la cour du roi, où il tombe sans connaissance sur le parvis[3], la tête en sang. Le roi demande : « Brun, qui t'a fait cela ?

1. **Bride abattue** : à toute vitesse, le plus vite possible.
2. **Coins** : sortes de cales triangulaires, en bois ou en métal.
3. **Parvis** : la place principale.

– Sire, c'est Renart, répond Brun qui ne peut presque plus parler. »

Le roi se met alors à rugir, s'arrachant les poils de colère.

« Brun, dit-il, je te vengerai si bien que la France entière en entendra parler. Qu'on aille me chercher Renart ! Et ce n'est pas la peine qu'il apporte de l'or ou de l'argent, ni qu'il prépare de belles paroles pour se défendre. Qu'il apporte seulement la corde avec laquelle on le pendra ! »

La condamnation de Renart, *gravure extraite de Reineke Fuchs (XIXe siècle).*

Renart est condamné à mort

Lorsque Renart arriva à la cour du roi, toutes les bêtes, sans exception, se préparaient à l'affronter. Ysengrin aiguisait ses dents, Tybert et Brun cherchaient une vengeance. Mais Renart avait l'air de s'en moquer ; la tête haute, au milieu de la salle, il prit la parole :

« Roi, dit-il, je vous salue, moi, le plus fidèle de vos barons. Des jaloux cherchent à me nuire et vous m'avez condamné injustement. Voilà ce qui arrive quand on écoute les malfaisants ; je voudrais bien savoir de quoi m'accusent Brun et Tybert. Mais le roi me convoque et j'obéis, bien que je sois vieux et affaibli. Vous pouvez me faire brûler ou pendre, je ne me défendrai pas. Mais si on exécute quelqu'un sans jugement, c'est une vengeance misérable.

– Renart, Renart, répond le roi, dites-moi donc, sale coquin, pourquoi vous mentez autant. Ah ! vous avez la langue bien pendue et vous savez plaider[1]. Mais inutile de jouer au plus fin : mes barons vont vous juger et vous n'échapperez pas à la punition.

– Sire, dit alors Grimbert le blaireau, n'oubliez pas que Renart est sous votre protection et que si on l'accuse, il faut qu'il puisse se défendre ! »

Grimbert n'avait pas fini de parler que tous se levèrent pour porter plainte : Ysengrin, Tybert le chat, Tiécelin, Chantecler, dame Pinte, tous sont là pour raconter ce que leur a fait subir Renart ! Et tous déclarent que personne ne le regrettera. Il n'y a qu'à le pendre !

1. **Plaider** : faire un discours pour se défendre ou défendre quelqu'un. Dans un tribunal, les avocats font des plaidoiries.

« C'est bien parlé, déclare le roi. Qu'on se dépêche, et sans discuter ! Il ne faut pas laisser filer Renart, ou nous pourrions le regretter ! »

Au sommet d'une haute montagne, sur un rocher, le roi fait dresser la potence pour pendre le goupil. On le force à monter jusque-là ; Renart se voit en mauvaise posture, attaché, tenu de tous côtés. Impossible d'échapper à la justice sans une ruse exceptionnelle ! À la vue de la potence, le chagrin l'envahit, alors il dit au roi :

« Cher et noble roi, laissez-moi dire quelques mots. Vous m'avez emprisonné et vous voulez me faire pendre sans raison, mais j'ai commis de grands péchés. Je veux me repentir et faire pénitence. Permettez-moi de prendre la croix et d'aller au-delà des mers[1]. Si je meurs là-bas, mon âme sera sauvée, alors que si vous me faites pendre, vous m'empêcherez de me repentir et votre vengeance sera bien médiocre. » À ces mots, il se jette aux pieds du roi qui ressent une grande pitié. Grimbert revient à la charge et réclame la grâce de Renart :

« Sire, au nom de Dieu, écoutez-moi ! Pensez au courage et à la vaillance de Renart. S'il revient au bout de cinq mois, il pourra vous servir, car vous n'avez pas de meilleur soldat !

– Ne dis pas cela, répond le roi. Quand il reviendra, il sera pire qu'avant, comme tous ceux qui sont revenus des croisades !

– Dans ce cas, il ne reviendra pas, rétorque Grimbert, tant qu'il n'aura pas la conscience tranquille. »

Et le roi dit : « Alors qu'il prenne la croix, à condition qu'il reste là-bas ! »

1. **Prendre la croix** : Renart veut « prendre la croix », c'est-à-dire partir en croisade (participer à la guerre des chrétiens contre les musulmans, pour reprendre le tombeau du Christ à Jérusalem).

À ces mots, Renart est fou de joie !

On fixe la croix sur son épaule droite, on lui apporte la besace et le bâton[1]. Voilà donc Renart devenu pèlerin[2]. Le roi lui demande de renoncer à la ruse et au mal, et le goupil promet tout ce qu'on veut. Il quitte la cour sans saluer personne, sauf le roi et la reine, Fière la magnifique, qui est si belle.

« Priez pour nous, lui dit-elle, et nous prierons pour vous, Renart.

– Madame, répond-il, heureux celui pour qui vous faites des prières. Et si vous me donnez la bague que vous portez, mon pèlerinage sera heureux. Je vous donnerai, à mon retour, plus de cent fois ce qu'elle vaut. »

La reine lui offre sa bague ; Renart la passe à son doigt puis il quitte la cour sans tarder.

Du haut de la montagne, Renart regarde la cour du roi, tous ceux qui viennent de le condamner. Il arrache alors sa croix de pèlerin, jette sa besace et son bâton, et crie d'une voix forte :

« Écoute-moi, Sire ! Je suis revenu des croisades : le Sultan Nourredine te salue bien ! Il m'a chargé de te dire que les païens tremblent de peur dès qu'ils entendent ton nom ! Ah ! Ah ! Ah ! »

Renart se dirige vers Maupertuis, son château fort, son donjon, où il ne craint aucune attaque. Sa femme et ses fils viennent à sa rencontre. Tous s'occupent de lui, il se moque bien des menaces !

1. **Besace** : sac dans lequel le pèlerin met ses provisions ; le bâton l'aide à marcher.
2. **Pèlerin** : celui qui entreprend un long voyage, à pied, pour rejoindre un lieu sacré, par exemple Jérusalem ou Saint-Jacques-de-Compostelle.

Noces de Fauvel avec Vaine Gloire *(détail, extrait du* Roman de Fauvel*), manuscrit (XIVe siècle) (Paris, BNF).*

LE DOSSIER

Le Roman de Renart

Le récit des ruses de Renart

REPÈRES

Conte, fable et fabliau au Moyen Âge 62
La satire et la parodie 64

PARCOURS DE L'ŒUVRE

Étape 1 : Découvrir le personnage de Renart 66
Étape 2 : Caractériser les personnages 68
Étape 3 : Définir le genre des récits 70
Étape 4 : Étudier les procédés comiques 72
Étape 5 : Reconnaître un texte satirique. 74
Étape 6 : Dresser le portrait du héros 76
Étape 7 : Relever des informations sur les rapports entre hommes et animaux au Moyen Âge. 78

TEXTES ET IMAGE

La tromperie : groupement de documents 80

Conte, fable et fabliau au Moyen Âge

Malgré son titre,* Le Roman de Renart *n'est pas un « roman » au sens où nous l'entendons aujourd'hui. Les aventures du célèbre animal sont racontées d'une manière amusante et en langue romane, ce qui est nouveau pour l'époque.
Au moment de sa parution, il constitue également un genre nouveau : ces récits ressemblent à la fois aux contes populaires, aux fables de l'Antiquité et aux fabliaux du Moyen Âge.

● LE CONTE : UN MONDE MERVEILLEUX

Le conte est une histoire assez courte, entièrement fictive, c'est-à-dire inventée, dans laquelle apparaissent des éléments surnaturels, « merveilleux ». Le lecteur est transporté dans un monde imaginaire, féerique et enchanteur, où il voit agir des fées et des sorcières, des animaux surnaturels. Il s'agit d'un espace-temps sans rapport avec le monde réel et dans lequel tout est permis : les métamorphoses, la magie...
C'est l'une des plus anciennes formes de littérature populaire, qui s'est longtemps transmise oralement.

● LA FABLE ET SES ANIMAUX PERSONNIFIÉS

La fable se définit comme un récit très court, en prose ou en vers, associé à un enseignement, une leçon de vie, que l'on appelle la « moralité » de l'histoire.
Le plus souvent, les héros des fables sont des animaux personnifiés, qui parlent et agissent comme des humains, dont ils possèdent les qualités et les défauts.
Leurs aventures sont provoquées par un renversement de la situation initiale et permettent de dégager une leçon des faits évoqués.

● LES FABLIAUX : UN UNIVERS RÉALISTE, DES SUJETS TRÈS QUOTIDIENS

Le fabliau est un genre typique du Moyen Âge. Ce récit court et amusant fait rire le public en présentant des personnages aux traits simples et parfois grossiers, caricaturaux.
Ce genre est marqué par le réalisme : ses sujets sont empruntés à la réalité quotidienne des paysans et de la petite bourgeoisie de l'époque, dont il se moque.

Le Roman de Renart : les trois genres à la fois

Les aventures de Renart sont des récits courts : l'action est rapide, les épisodes s'enchaînent les uns aux autres.
Comme le conte et la fable, Le Roman de Renart *met en scène des personnages qui agissent et parlent à la façon des humains, donnant au récit une tonalité « merveilleuse ».*
Comme dans la fable et le fabliau, les récits sont amusants, proches de l'univers du public populaire auquel ils étaient destinés, avec une leçon plus ou moins clairement exprimée.

Conseil présidé par Fauvel
(extrait du Roman de Fauvel*),*
manuscrit (XIVe siècle) (Paris, BNF).

La satire et la parodie

Au Moyen Âge, la vie des paysans est loin d'être facile : conditions de vie, pouvoir des seigneurs et interdits religieux rendent plus lourd encore le poids des charges supportées par les vilains et les serfs.* Le Roman de Renart *est l'un des premiers textes permettant au peuple d'oublier un peu ses misères, en se moquant, de façon amusante, des puissants et des riches.

• QU'EST-CE QU'UNE SATIRE* ?

La satire consiste à critiquer un défaut humain, un fonctionnement, une institution sociale... en faisant rire le public.
C'est un genre très ancien, qui existait déjà chez les Grecs et les Romains. Des auteurs de l'Antiquité ont ainsi écrit des pièces de théâtre, des textes en vers ou en prose, dans lesquels ils dénonçaient des vices ou des défauts.
Dans les fabliaux du Moyen Âge, plusieurs auteurs font rire les vilains en critiquant leurs oppresseurs (chevaliers, membres du clergé et fonctionnaires royaux).
De même, dans *Le Roman de Renart*, la ruse du héros et ses moqueries s'exercent aux dépens de ceux qui détiennent le pouvoir, et montrent aussi que l'on peut être plus fort que les puissants et les riches : « *miex fait l'engien que ne fait force* ».

• CAMOUFLER LA CRITIQUE

Se moquer des institutions, du pouvoir politique, c'est risqué ! Ceux qui détiennent le pouvoir n'aiment pas que l'on se moque d'eux, et ils ont les moyens de se venger. Comment faire alors pour critiquer sans être sanctionné ? Pour se moquer sans prendre aucun risque ?
Souvent, les auteurs de textes satiriques préfèrent rester anonymes : ils ne signent pas leurs textes ou ils prennent un pseudonyme (c'est-à-dire un nom inventé).

La fable : un procédé habile

La fable permet de se moquer sans prendre de risque : on camoufle la critique en faisant parler et agir des animaux. Dans Le Roman de Renart, *on ne pourra pas reprocher à l'auteur de critiquer le roi de France lorsqu'il se moque du lion Noble. Pourtant, tout le monde comprend l'allusion.*

● QU'EST-CE QU'UNE PARODIE* ?

Une parodie est une œuvre qui s'inspire d'une autre œuvre et l'imite pour s'en moquer.

Le Roman de Renart est une parodie du roman de chevalerie, très apprécié au Moyen Âge.

Les personnages ressemblent à des seigneurs : ils ont des fiefs et des familles, des montures, se rendent à la cour du roi et font serment de fidélité... Mais ils passent leur temps à avoir faim et à tromper leurs voisins ; leurs comportements sans foi ni loi sont à l'opposé des valeurs chevaleresques et ils manquent parfois de courage.

Les rituels religieux, les prières et les enterrements sont également parodiés dans *Le Roman de Renart*. Si le loup Ysengrin fait rire lorsqu'il parle latin, c'est qu'il est amusant de se moquer du langage des moines, que personne ne comprend !

Combat de Renart et Ysengrin, *manuscrit (XIIIe siècle) (Paris, BNF).*

Étape 1 • Découvrir le personnage de Renart

SUPPORT : *Renart et les jambons d'Ysengrin* (page 12)

OBJECTIF : Dresser un premier portrait du héros, dégager sa caractéristique principale.

As-tu bien lu ?

1 Dans quel état se trouve Renart au début de l'histoire ? Cite deux détails du texte pour illustrer ta réponse.

2 Que sont Renart et Ysengrin l'un pour l'autre ?
- ☐ des amis
- ☐ des voisins
- ☐ des parents

3 Qui est Hersent par rapport à Ysengrin ? par rapport à Renart ?

4 Comment Renart s'est-il emparé des jambons ?
- ☐ en cassant un carreau
- ☐ en faisant un trou dans le toit
- ☐ en creusant un souterrain

5 À la fin de l'histoire, pourquoi Renart félicite-t-il Ysengrin au lieu de le plaindre ?

Le héros de l'histoire

6 De tous les personnages présents dans l'histoire, quel est celui qui agit le plus ? Cite cinq verbes du texte pour illustrer ta réponse.

7 Complète le tableau suivant en indiquant les caractéristiques des personnages au début et à la fin de l'histoire.

	Au début	**À la fin**
Ysengrin	Riche (il possède trois jambons)...	
Renart	Affamé...	

8 Quel but le goupil cherche-t-il à atteindre dans cette histoire ?

L'intelligence et la ruse du goupil

9 Pourquoi Renart découpe-t-il les jambons avant de les cacher sous son lit ?

10 Pourquoi revient-il le lendemain dans la maison d'Ysengrin ?

11 Renart pouvait-il obtenir les jambons par la force ? pourquoi ?

12 Montre qu'il a élaboré un stratagème en complétant le tableau suivant. Tu dois retrouver dans le texte les étapes de son plan.

Lignes 11 à 13	Renart voit les jambons et espère en avoir un morceau.
Lignes ... à ...	Il conseille à son oncle de faire croire à un vol.
Lignes 24 à 28	....
Lignes ... à ...	Il revient chez son oncle et fait semblant de découvrir le vol.
Lignes ... à ...	Il félicite Ysengrin qui pousse des cris de désespoir.

13 À ton avis, pourquoi Renart part-il en « riant sous cape » (l. 69) ?

La langue et le style

14 Avec quels mots Ysengrin s'adresse-t-il à Renart au début de l'histoire ? et à la fin ?

15 Renart est un *goupil*. Recherche dans un dictionnaire l'origine de ce mot.

Faire le bilan

16 Complète le texte à l'aide des mots suivants : goupil - ruse - malice - humain - trompeur - tours.
Le héros du *Roman de Renart* est un ...... appelé Renart. Il agit et parle comme un ...... et exerce sa ...... aux dépens des autres. Ses ...... et sa ...... sont devenus célèbres, faisant de lui un ...... universel !

À toi de jouer

17 Avec un camarade, présente la dernière partie de l'histoire de Renart et Ysengrin sous forme d'une saynète de théâtre, en insistant sur l'attitude des deux personnages (Ysengrin est désespéré, Renart est moqueur.)

Étape 2 • Caractériser les personnages

SUPPORT : *Renart et Chantecler* (page 15) et *Renart et la mésange* (page 21)

OBJECTIF : Classer les personnages du Roman de Renart et retrouver les « types ».

As-tu bien lu ?

1 Où se déroule l'histoire *Renart et Chantecler* ?
☐ chez un menuisier
☐ dans un poulailler
☐ dans la maison d'Ysengrin

2 Qu'est-ce qui permet à Renart d'entrer dans l'enclos ?

3 Qu'est-ce que Renart demande à Chantecler ?
☐ de lui donner des œufs
☐ de chanter
☐ de l'accompagner dans la forêt

4 Où Renart rencontre-t-il la mésange ?

5 Qui arrive à la fin de cette histoire et met Renart en fuite ?

Des animaux personnifiés : les habitants du poulailler

6 Dans *Renart et Chantecler*, pourquoi le paysan a-t-il bien entouré son enclos avec des pieux et des aubépines ?

7 Relève le nom des trois poules et du coq. Complète le tableau suivant en expliquant pourquoi on les a appelés ainsi.

	Nom	Explication
Le coq		
Poule 1		
Poule 2		
Poule 3		

8 Quels détails montrent que ces animaux agissent comme des humains ?

9 Quel adjectif correspond le mieux à Chantecler ?
☐ courageux ☐ vigilant
☐ patient ☐ vaniteux ☐ généreux

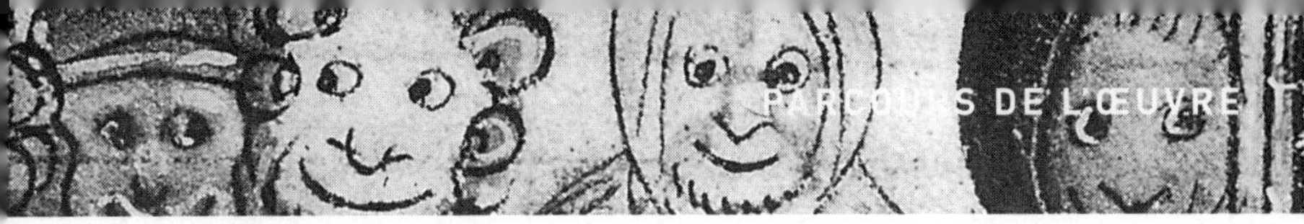

Des personnages types

10 Quel détail montre que la poule Pinte est un personnage très intelligent ?

11 Quelle ruse la mésange emploie-t-elle pour tromper Renart ?

12 Qui est le vainqueur à la fin de ces deux histoires ?

Les personnages secondaires

13 Dans *Renart et Chantecler*, comment les paysans réagissent-ils lorsque Renart s'empare du coq ? Cela est-il surprenant ?

14 Dans les deux histoires, les chiens qui pourchassent Renart sont-ils présentés comme des animaux ordinaires ou comme des humains ?

La langue et le style

15 Constant Denois est un riche *paysan* : que signifie ce mot dans son sens premier ? Trouve d'autres mots formés à partir du même radical et donne leur définition.

16 Au Moyen Âge, les paysans s'appellent des *vilains* ou des *serfs*. Donne la définition de ces deux mots et explique leur différence de sens.

Faire le bilan

17 Renart est le symbole de la ruse. Que symbolise le coq Chantecler ? Pinte et la mésange ?

18 Quels éléments apparentent ces récits au registre merveilleux ? Quels sont ceux, au contraire, qui les ancrent dans un monde réel ?

À toi de jouer

19 Beaucoup d'expressions associent une qualité humaine et le nom d'un animal (être malin comme un singe ; être têtu comme une mule…). Recherche le plus possible d'expressions de ce type et essaie de trouver pourquoi on a attribué à l'animal la caractéristique en question.

Étape 3 • Définir le genre des récits

SUPPORT : *Renart et Tiécelin le corbeau* (page 24) et *Renart et les anguilles* (page 27)

OBJECTIF : Retrouver les caractéristiques de la fable dans les épisodes du Roman de Renart.

As-tu bien lu ?

1 Dans quel état Renart se trouve-t-il au début de ces deux histoires ?

2 Où ces deux histoires se déroulent-elles ?
☐ en ville ☐ dans la maison d'un vilain ☐ dehors, à la campagne

3 Que veut obtenir Renart lorsqu'il s'adresse à Tiécelin ?

4 Que fait Renart lorsqu'il rencontre les marchands de poissons ?
☐ il fait le mort ☐ il leur fait des compliments
☐ il leur demande de l'aide

5 À la fin de ces deux histoires, quelle est la situation de Renart ?
☐ il a obtenu satisfaction ☐ il a perdu quelque chose
☐ il n'a ni gagné ni perdu

Une action rapide

6 À ton avis, combien de temps dure chacune des deux aventures de Renart ?

7 Pourquoi Tiécelin et les marchands tombent-ils si facilement dans le piège de Renart ?

Des animaux qui parlent

8 Dans les deux textes, qui sont les personnages principaux ?

9 Qu'est-ce qui montre qu'ils agissent pourtant comme des humains ? Complète le tableau suivant en donnant des exemples.

Situations	Exemples
Les personnages parlent.	
Ils expriment des sentiments.	
Ils ont des qualités et des défauts.	

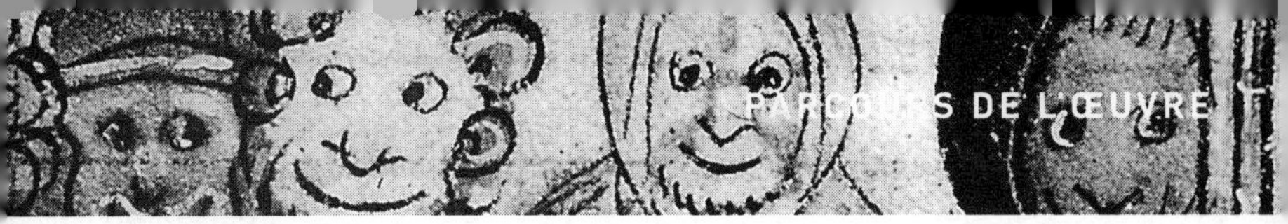

10 Renart parle très souvent. À quoi lui sert la parole lorsqu'il s'adresse à Tiécelin ? et lorsqu'il s'adresse aux marchands ?

Une belle leçon

11 Pour quelle raison le corbeau Tiécelin a-t-il perdu son fromage à la fin de l'histoire ?

12 Qu'auraient dû faire les marchands pour éviter que Renart leur vole les anguilles ?

13 Quel sentiment éprouvent-ils à la fin de cette histoire ? À quoi le voit-on ?

La langue et le style

14 Dans *Renart et Tiécelin le corbeau*, relève tous les mots appartenant au champ lexical de la musique.

15 « Que Dieu vous protège ! Que Dieu vous garde ! » Quel est le mode employé dans ces phrases prononcées par Renart ? Retrouve deux expressions au même mode (une prononcée par Tiécelin et l'autre par les marchands).

Faire le bilan

16 En t'aidant des réponses aux questions 6 à 13 (et du « Repère » page 62), explique pourquoi on peut dire que les histoires du *Roman de Renart* ressemblent à des fables.

À toi de jouer

17 Recherche au CDI la fable « Le Corbeau et le Renard », de Jean de La Fontaine. Quelles différences remarques-tu entre ce texte et *Renart et Tiécelin le corbeau* ? Lequel préfères-tu ? Explique ton choix à l'aide de deux arguments au moins.

18 En quelques phrases courtes, rédige la moralité que l'on pourrait énoncer après avoir lu l'histoire dans laquelle Renart vole les marchands d'anguilles.

Étape 4 • Étudier les procédés comiques

SUPPORT : *La tonsure d'Ysengrin* (page 30) et *La pêche à la queue* (page 34)

OBJECTIF : Analyser la tromperie comme un procédé comique et faire apparaître tous les aspects comiques des récits.

As-tu bien lu ?

1 Dans *La tonsure d'Ysengrin*, pourquoi Ysengrin veut-il entrer chez Renart ?

2 Renart fait croire à Ysengrin qu'il reçoit chez lui :
☐ des pèlerins ☐ des moines ☐ des marchands de poisson

3 Dans ces deux histoires, quelles sont les épreuves que doit subir Ysengrin ?

4 Pourquoi ces histoires n'auraient-elles pas pu se dérouler en été ?

5 À la fin de cette histoire, qu'est-ce qu'Ysengrin a perdu ?
☐ son pied ☐ son bras ☐ sa queue

Des situations qui font rire

6 Dans ces histoires, Renart fait deux mensonges à Ysengrin. Lesquels ?

7 Quelles sont les conséquences de ces mensonges ? Indique tout ce qui peut faire rire dans l'attitude du loup.

8 À la fin des deux histoires, dans quel état Ysengrin se retrouve-t-il ? Complète le tableau en indiquant ce qui a changé pour lui.

	Au début	**À la fin**
Ysengrin	a très faim	
Dans *La tonsure d'Ysengrin*, sa tête est…		
Dans *La pêche à la queue*, sa queue est…		

Des personnages qui font rire

9 À quoi voit-on que Renart, dès le début de chaque histoire, a décidé de se moquer d'Ysengrin ?

10 Dans *La pêche à la queue*, quel détail montre qu'Ysengrin n'est pas très intelligent ? Quel défaut pourrait-il symboliser ?

11 Que fait Renart, à la fin des deux histoires, pour se moquer encore plus d'Ysengrin ?

Des allusions satiriques

12 Dans *La tonsure d'Ysengrin*, Renart assure qu'Ysengrin sera bientôt « prieur ou abbé » (l. 57). Pourquoi peut-on considérer que c'est une satire de la religion ?

13 Retrouve dans *La pêche à la queue* des éléments qui font la satire des combats de chevalerie.

La langue et le style

14 Dans le premier texte, relève tous les mots qui appartiennent au champ lexical de la religion et donne leur définition en t'aidant des notes du livre.

15 Réécris les ordres ou les prières selon l'exemple du tableau.

Impératif	***Il faut que...* + subjonctif**
« Ouvrez-moi la porte. »	
« Accordez-moi l'hospitalité. »	Il faut que vous m'accordiez l'hospitalité.
« Approchez et acceptez cette nourriture. »	
« Dépêchons-nous. »	
« Prenez le seau et attachez-le moi solidement à la queue. »	

Faire le bilan

16 Les aventures de Renart sont drôles encore aujourd'hui. Explique pourquoi elles faisaient particulièrement rire le public au Moyen Âge. Aide-toi du « Repère » page 64.

À toi de jouer

17 Lis les aventures de Renart et de Tybert le chat (pages 36 à 44). Y a-t-il d'autres moments où Renart se moque gratuitement d'autrui ? Ou bien est-ce lui qui est victime des moqueries des autres ?

Étape 5 • Reconnaître un texte satirique

SUPPORT : *Ysengrin et Hersent portent plainte devant la cour du roi* (page 48) et *Chantecler, Pinte et ses sœurs demandent justice* (page 51)

OBJECTIF : Reconnaître les moyens employés pour se moquer des institutions sociales.

As-tu bien lu ?

1 Quand la première histoire se déroule-t-elle ?
- ☐ au printemps
- ☐ en été
- ☐ en automne
- ☐ en hiver

Quel élément du texte t'a permis de répondre ?

2 Pourquoi Ysengrin porte-t-il plainte devant le roi ?

3 Dans la deuxième histoire, pourquoi verse-t-on de l'eau sur la tête de Pinte ?

4 Avant de commencer le procès, qu'ordonne le roi ?
- ☐ de faire un bon repas
- ☐ d'enterrer Copette
- ☐ d'appeler ses amis

Le procès de Renart à la cour du roi

5 Qui a convoqué tous les animaux à la cour du roi ? dans quel but ?

6 Qui est pourtant absent de cette assemblée ?

7 Retrouve dans le texte les étapes du procès de Renart : complète le tableau en indiquant qui parle et ce que signifient les paroles prononcées.

	Qui parle ?	Contenu des paroles
L'accusation	Ysengrin	
La plaidoirie « à charge »		« Il faut que justice soit faite » signifie : on doit aller chercher Renart pour le juger.
La plaidoirie de la défense		
Le jugement du président du tribunal		

La parodie et la satire

8 Dans la première histoire, pourquoi Ysengrin refuse-t-il que sa femme subisse le « jugement de Dieu » (l. 54) ?

9 Dans les lignes 51 à 53, qu'est-ce qui permet de dire que le roi n'a pas très envie de faire un procès ?

10 L'âne Bernard prend la parole (l. 42 à 47). Son intervention est-elle pertinente ? Explique pourquoi elle peut faire sourire.

11 Qui est chargé, normalement, de dire les textes religieux et d'organiser les enterrements ? Qui est désigné pour le faire dans la deuxième histoire ?

La langue et le style

12 Tu as compris ce qu'est une épitaphe*. Cherche dans un dictionnaire l'étymologie de ce mot. Connais-tu d'autres mots provenant de la même langue ? Cites-en au moins trois.

Faire le bilan

13 Peut-on prendre au sérieux ce procès et cet enterrement ? En t'aidant des réponses aux questions 5 à 11, explique pourquoi les cérémonies décrites ne sont que des parodies*.

14 Cette présentation de Noble le lion et de sa cour déguise une critique : laquelle ? contre qui ou contre quoi ?

À toi de jouer

15 Le « jugement de Dieu » n'existe plus aujourd'hui, heureusement. Relis les explications données page 49 et explique pourquoi cette pratique, fondée sur la croyance, ne pouvait pas constituer une preuve d'innocence ou de culpabilité.

16 Avec deux camarades, présente le procès de Renart sous forme de saynète de théâtre : d'abord la plaidoirie de l'accusation puis celle de la défense, et enfin le verdict du président du tribunal.

Étape 6 • Dresser le portrait du héros

SUPPORT : L'ensemble des textes

OBJECTIF : Analyser diverses facettes de la personnalité de Renart.

As-tu bien lu ?

1 Renart dit à Chantecler qu'il chantera mieux : en restant sur une patte ? en se perchant sur un toit ? en fermant les yeux ?

2 Pourquoi Renart accepte-t-il de donner l'andouille au chat Tybert ?

3 Que fait croire Renart à Ysengrin en lui montrant le seau qui est dans le puits ?

4 Pour échapper à la mort, que déclare Renart ?
☐ qu'il va devenir sage
☐ qu'il va quitter le pays
☐ qu'il va partir en croisade

La dernière tromperie de Renart

5 Qui est la dernière victime de Renart ?

6 Deux personnages ont soutenu Renart lors de son procès ; pourquoi peut-on considérer qu'ils sont trahis eux aussi ?

7 À ton avis, Renart tiendra-t-il la promesse qu'il a faite à Fière, la reine ?

Un personnage sans foi ni loi

8 Renart ne se comporte pas en véritable chevalier. Complète le tableau en donnant des exemples.

Les vertus chevaleresques	Les actions de Renart
Loyauté	
Courage	« Renart s'enfuit au plus vite » (page 23, l. 55) « À la vue de la potence, le chagrin l'envahit... » (page 58, l. 33)
Générosité	
Courtoisie	

Un personnage plein de malice

9 Pourquoi le roi s'est-il laissé convaincre de laisser la vie sauve à Renart, malgré le verdict du tribunal ?

10 Jusqu'au dernier moment, Renart se montre beau parleur : dans quel but s'adresse-t-il à la reine ?

11 À quoi voit-on, dans les dernières lignes, que Renart se moque aussi du roi, en plus de l'avoir trompé ?

La langue et le style

12 Que veut dire Renart lorsqu'il déclare à Ysengrin (page 47) : « Me voici sorti des griffes du diable et tu rejoins le monde des démons » ? Comment appelle-t-on une expression de ce type ?

13 « Maintenant il faut m'appeler "feu Renart" », déclare le goupil page 46. Cherche dans un dictionnaire l'origine et la signification exacte de cette expression.

Faire le bilan

14 Complète le texte en employant les mots proposés : ruses - trompeur universel - paroles - trahir - se moquant.

Pour se tirer d'affaire, Renart est prêt à toutes les . . . . Il n'hésite pas à . . . . . . ses amis et ne craint personne, pas même le roi ! Son intelligence et ses belles . . . . . . lui permettent de se sauver, en . . . . . . du reste du monde. Il n'épargne personne : c'est un . . . . . . !

À toi de jouer

15 Tu as lu les aventures de Renart. Quelle est celle que tu as trouvée la plus rusée ? Explique pourquoi.

16 Tu as sûrement étudié certaines pièces de Molière *(Le Médecin malgré lui, Les Fourberies de Scapin…)*. Quels sont les personnages qui, comme Renart, se servent de la ruse pour triompher ?

Étape 7 • Relever des informations sur les rapports entre hommes et animaux au Moyen Âge

SUPPORT : L'ensemble des textes et l'enquête (page 85)

OBJECTIF : Comprendre les rapports entre les paysans et les animaux au Moyen Âge.

As-tu bien lu ?

1 Quels sont les aliments préférés de Renart ? Cites-en au moins trois.

2 Lorsque les paysans donnent la chasse à Renart, que lancent-ils à sa poursuite ?
☐ un loup
☐ un cheval
☐ un chien

3 Dans *La pêche à la queue*, pourquoi les paysans ont-ils creusé un trou dans la glace ?

4 Que font les deux vieilles femmes dont on parle page 19 et page 24 ?

5 Dans Renart et Ysengrin dans le puits, que voudrait faire Renart après avoir mangé ?
☐ rentrer chez lui
☐ boire l'eau du puits
☐ se reposer chez les moines

La quête des animaux

6 Quel est le mobile principal des animaux que tu as vus agir dans *Le Roman de Renart* ?

7 Quels sont les proies favorites de Renart et Ysengrin ? Dans quelle catégorie d'animaux peux-tu les classer ? (Aide-toi de l'enquête pour répondre.)

8 Par quels moyens les paysans protègent-ils leurs biens et mettent-ils leurs provisions à l'abri ?

Les actions des vilains

9 Quelles sont les intentions des paysans lorsqu'ils rencontrent des animaux sauvages ? Complète le tableau.

Animal rencontré	Intentions des paysans
Ysengrin prisonnier de la glace	
Brun coincé dans la fente de l'arbre	
Renart pris au piège sur le chemin	

10 Pourquoi les marchands de poissons se réjouissent-ils de trouver un goupil sur leur chemin (page 27) ?

La langue et le style

11 Quels sont les signes de ponctuation qui expriment la colère des vieilles femmes (pages 19 et 24) et des marchands de poissons (page 28) après les vols commis par Renart ?

Faire le bilan

12 Comment peut-on expliquer que les paysans cherchent à se débarrasser de Renart et des autres animaux sauvages ?

13 Quelle était la préoccupation majeure des bêtes et des gens au Moyen Âge ?

À toi de jouer

14 Les gens du Moyen Âge pouvaient-ils manger les cinq aliments suivants : pommes de terre, maïs, sucre, tomate, chocolat ? Explique pourquoi.

15 Fais une recherche au CDI : quel était le menu de base d'un vilain ? d'un seigneur et de sa famille ?

La tromperie : groupement de documents

OBJECTIF : Comparer divers documents qui traitent de la ruse et de la tromperie pour comprendre l'universalité de ces thèmes.

DOCUMENT 1 JEAN DE LA FONTAINE, *Fables*, « Le Renard et la Cigogne », 1694.

Le renard est très souvent le héros des fables écrites par la Fontaine au XVIIe siècle. Ici encore, il exerce sa ruse aux dépens des autres personnages...

Compère le Renard se mit un jour en frais,
Et retint à dîner commère la Cigogne.
Le régal fut petit et sans beaucoup d'apprêts :
Le galant, pour toute besogne,
Avait un brouet clair ; il vivait chichement.
Ce brouet fut par lui servi sur une assiette :
La Cigogne au long bec n'en put attraper miette,
Et le drôle eut lapé le tout en un moment.
Pour se venger de cette tromperie,
À quelque temps de là, la Cigogne le prie.
« Volontiers, lui dit-il, car avec mes amis
Je ne fais point cérémonie. »
À l'heure dite, il courut au logis
De la Cigogne son hôtesse ;
Loua très fort sa politesse ;
Trouva le dîner cuit à point :
Bon appétit surtout ; renards n'en manquent point.
Il se réjouissait à l'odeur de la viande
Mise en menus morceaux, et qu'il croyait friande.
On servit, pour l'embarrasser,
En un vase à long col et d'étroite embouchure.
Le bec de la Cigogne y pouvait bien passer ;
Mais le museau du sire était d'autre mesure.
Il lui fallut à jeun retourner au logis,
Honteux comme un renard qu'une poule aurait pris,
Serrant la queue, et portant bas l'oreille.

Trompeurs, c'est pour vous que j'écris :
Attendez-vous à la pareille.

DOCUMENT 2 *Sublimes paroles et idioties de Nasr Eddin Hodja,*
« Ce que peut faire la peur », © Phébus.

Connu dans tout l'Orient, Nasr Eddin Hodja est un personnage célèbre, sorte de bouffon qui aurait vécu en Turquie, aux alentours du XIIIe siècle.

Nasr Eddin, qui veut obtenir quelque faveur de Timour Leng, se met dans l'idée de lui offrir un canard rôti. Il demande donc à sa femme de préparer la volaille. Cela fait, il l'installe dans un panier et se dirige vers le palais.

Mais la bête dégage une odeur tellement appétissante qu'à peine parti de chez lui Nasr Eddin n'y tient plus. Il arrache une cuisse et tout en marchant, la déguste. Puis il se présente à Timour.

– Ô notre souverain, j'ai le grand honneur de t'offrir un canard que ma femme a spécialement rôti pour toi.

– Bienvenue, Nasr Eddin ! Tu m'apportes mon plat préféré. Si tu as une requête, elle sera bien considérée.

Mais Timour découvre aussitôt qu'il manque au canard une cuisse.

– Prends garde, insolent ! Comment as-tu le front d'offrir à ton maître un plat déjà entamé ? Dois-je donc manger tes restes ?

– Mais, seigneur, dit Nasr Eddin sans se départir de son calme, tu sais bien que les canards n'ont qu'une patte à l'état naturel ! Je vais t'en donner la preuve immédiatement d'ailleurs.

Et Nasr Eddin entraîne le terrible boiteux vers la fenêtre, d'où l'on voit plusieurs canards endormis se tenir sur une seule patte.

Aussitôt Timour se penche au-dehors et se met à crier et à frapper des mains. Les canards effrayés s'enfuient vers la pièce d'eau.

– Alors, les canards n'ont qu'une patte, Nasr Eddin ?

– Évidemment, si tu leur fais peur, ça change tout. Moi, quand tu as crié, je me suis senti pousser des ailes !

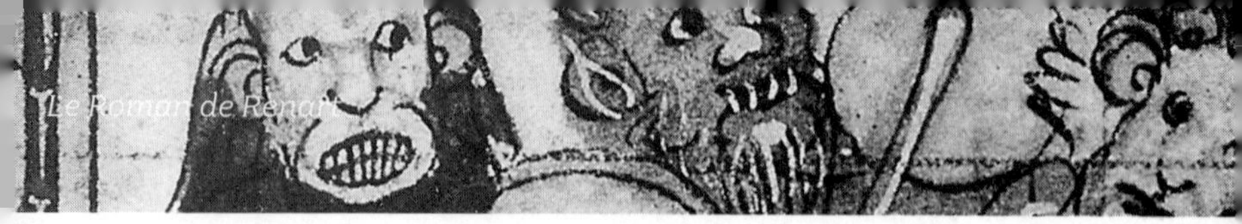

DOCUMENT 3 GEORGES DE LA TOUR (1593-1652), *La Diseuse de bonne aventure,* vers 1630.

Georges de La Tour est un peintre lorrain célèbre pour son travail sur l'ombre et la lumière. Il aimait représenter des scènes de la réalité quotidienne de son époque.

Georges de La Tour (1593-1652), La Diseuse de bonne aventure *(vers 1630), huile sur toile, 1,02 x 1,23 m (New-York, The Metropolitan Museum of Art).*

As-tu bien lu ?

1 Dans le document 1, quel repas le Renard a-t-il servi à la Cigogne ? Pourquoi ne peut-elle pas le manger ?

2 Quelle ruse la Cigogne a-t-elle trouvée pour se venger ?

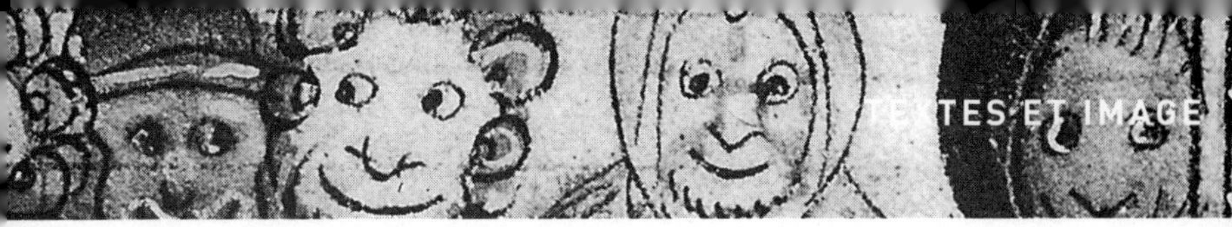

3 Dans le document 2, pourquoi Nasr Eddin arrache-t-il une cuisse au canard ?

4 À la fin de l'histoire, quel jeu de mots montre la malice de Nasr Eddin ?

Comparer les textes

5 Dans les deux textes, il est question de nourriture. Cite les phrases qui montrent que les personnages ont faim.

6 Où et quand les deux histoires se déroulent-elles ? Cite des éléments des textes pour illustrer ta réponse.

7 Pourquoi peut-on dire que ces histoires se ressemblent ?

Lire l'image

8 Dans le document 3, combien y a-t-il de personnages représentés ? Que sont-ils en train de faire ?

9 Étudie attentivement les yeux des personnages. Que regarde chacun d'entre eux ?

10 À quoi les mains sont-elles occupées pendant ce temps ?

11 Que voulait faire comprendre le peintre en réalisant ce tableau ? Quel autre titre aurait-il pu lui donner ?

Faire le bilan

12 À quel personnage du *Roman de Renart* ressemble Nasr Eddin Hodja ? pour quelles raisons ?

13 Explique pourquoi on dit que la ruse est « universelle ».

À toi de jouer

14 Fais des recherches au CDI ou sur Internet : qui étaient Nasr Eddin Hodja, Scapin, Till Eulenspiegel, Trickster, Guignol ?

15 Quel est le point commun à tous ces personnages d'époques différentes ?

À l'époque du Roman de Renart*,*
90 % de la population vit à la campagne.
La plupart des gens sont des paysans,
ils côtoient donc quotidiennement
des animaux.
Cependant, tous les animaux ne bénéficient
pas du même statut : certains sont
domestiqués, d'autres sont sauvages,
mais beaucoup d'entre eux revêtent
une dimension symbolique.

Hommes et animaux au Moyen Âge

1 Les animaux domestiqués 86
2 Les animaux de compagnie 89
3 Les animaux sauvages 90
4 Les représentations symboliques liées aux animaux . . . 93

L'ENQUÊTE EN 4 ÉTAPES

1 Les animaux domestiqués

Certains animaux vivent à côté des hommes qui utilisent leur force ou les élèvent pour se nourrir : ce sont les animaux « de la maison ».

● QUI PIAILLE DANS LA BASSE-COUR ?

La basse-cour est l'ensemble des volailles élevées dans une ferme. La plupart du temps, les volailles sont gardées à l'abri dans un enclos appelé gélinier (au Moyen Âge, on appelait les poules des *gélines*) ou poulailler.
L'élevage des volailles permettait au paysan d'avoir des œufs et de manger, de temps en temps, de la viande. Mais cela arrivait rarement : l'église imposait le jeûne assez souvent dans l'année. Il fallait donc faire des prières et ne pas manger de viande, en signe de pénitence !
Dans un poulailler on trouvait souvent un coq et des poules, des canards, des oies et des jars. On y voyait aussi parfois des lapins. Mais à l'époque, il n'y avait pas encore de pintade, ni de dinde ou dindon[1].
Le coq[2] est le chef de la basse-cour ; il règne sur les poules, dressé sur ses ergots. On connaît son cri qui annonce l'aurore et sert de réveille-matin. Pendant longtemps, on s'est servi du chant du coq pour connaître l'heure, approximativement.

● D'OÙ VIENT LE MOT « BASSE-COUR » ?

C'était tout d'abord le nom donné à la cour inférieure du château fort du Moyen Âge. Dans la « haute cour » se réfugiaient les hommes et le gros bétail, en cas de danger. Dans la cour inférieure ou « basse cour », on mettait à l'abri le petit bétail et les volailles. Le nom a été conservé pour désigner l'ensemble des volailles que l'on élève à la ferme, souvent dans une cour située à côté de l'habitation principale.

● DANS LE COCHON, TOUT EST BON

« Dans le cochon, tout est bon », dit un proverbe paysan. Et c'est bien ce que pensaient les vilains du Moyen Âge. Le plus souvent, le paysan n'avait qu'un cochon, qui vivait près de sa maison. On l'engraissait, puis,

1. Ces volailles n'ont été introduites en Europe qu'après la découverte de l'Amérique, en 1492 !

2. Le coq est un animal emblématique en France (on dit « le coq gaulois » pour désigner la France).

Les œufs de Pâques

Les œufs remplaçaient la viande assez souvent… si bien qu'ils étaient considérés comme « gras » par l'Église. Pendant le carême (période de 40 jours précédant les fêtes de Pâques), les chrétiens devaient faire pénitence et jeûner, c'est-à-dire manger le moins possible. Interdiction de manger des œufs ! Mais les poules, elles, continuaient à pondre. Pour éliminer les stocks devenus trop importants, on a pris l'habitude de décorer les œufs et de les offrir à la fin du Carême, c'est-à-dire à Pâques. Aujourd'hui cette habitude s'est maintenue et on offre des œufs… en chocolat !

Ramassage des œufs, *manuscrit allemand (xve siècle) (Paris, BNF).*

en décembre, on le tuait et on mettait sa viande dans un saloir[3] pour la conserver.
Cette viande salée servait à nourrir le paysan et sa famille pendant toute l'année ; on comprend pourquoi les jambons et les andouilles dont parle *Le Roman de Renart* sont si importants : se faire voler un jambon, c'était une catastrophe !

• DES MOUTONS POUR LA LAINE ET LES PARCHEMINS

Le mouton est également un élément de richesse pour le paysan du Moyen Âge : il fournit de la laine et permet donc de s'habiller et de se protéger du froid.
La femme du vilain file la laine de mouton et la tisse pour faire des étoffes. Les étoffes de laine coûtent encore cher et posséder un mouton permet de bénéficier d'un peu de confort…
Les moines employaient aussi la peau du mouton et en faisaient des parchemins : cette peau, tannée et amincie, remplaçait le papier. Ils écrivaient dessus à l'aide d'une plume d'oie, et s'ils se trompaient, ils n'avaient qu'à gratter la peau pour tout effacer !

3. Le sel et le séchage étaient les seuls moyens de conserver la viande : à l'époque, il n'y avait pas d'électricité, ni de conserves.

● **DANS L'ÉTABLE**

Avoir une vache permet d'avoir du lait. Et avec le lait, on fabrique du fromage, élément essentiel de l'alimentation au Moyen Âge. Seuls les vilains les plus riches possédaient une vache, ce qui assurait une partie de l'alimentation et un revenu complémentaire (vendre ses fromages permettait d'obtenir de l'argent pour acheter autre chose).

L'instrument principal du paysan est sa paire de bœufs. Grâce à un attelage, il peut labourer, tirer les choses lourdes.

L'âne sert également de monture pour se déplacer, il peut transporter les choses lourdes, il aide aux travaux des champs...

Où mange le bétail ?

Le bétail doit aussi se nourrir, alors on le laisse paître le long des chemins, car les champs sont occupés par les cultures. À l'automne, on abat une grande partie du troupeau, car on ne pourra pas nourrir toutes les bêtes, le foin étant d'abord réservé aux chevaux des seigneurs.

L'organisation de la maison

Les ânes, les vaches et les bœufs sont mis à l'abri dans une étable : c'est souvent une partie de la maison du paysan. Les hommes et les bêtes vivent ainsi côte à côte. Mais le paysan trouve cela commode : il profite de la chaleur dégagée par les animaux, qui lui permettent d'avoir moins froid en hiver !

La vie du paysan *(extrait du* Livre des Heures Da Costa*), manuscrit exécuté à Bruges (vers 1515) (New-York, The Pierpont Morgan Library).*

2 Les animaux de compagnie

Certains animaux font partie de la maison : ils ont gagné le droit d'y vivre, en compagnie des humains.

● UN CHAT POUR CHASSER LES SOURIS

Les rats et les souris font d'énormes dégâts dans les réserves de grain et les provisions. Pour se débarrasser des rongeurs, le paysan doit avoir un chat. Il ne le nourrit pas : si le chat veut manger, il n'a qu'à attraper des souris !
Au Moyen Âge, de terribles épidémies de peste[1] font des milliers de victimes ; on ne le sait pas encore, mais ce sont les puces des rats qui donnent cette maladie !

● DES CHIENS POUR MONTER LA GARDE

D'autres animaux cherchent aussi à s'introduire et à voler de la nourriture : fouines, belettes, loirs et renards multiplient les ruses pour trouver des aliments. Mais les paysans possèdent des chiens qui montent la garde et pourchassent les intrus.

Le chien, meilleur ami de l'homme

L'homme a domestiqué le chien dès la préhistoire. En échange de nourriture, cet animal a vite appris à monter la garde, à chasser les intrus et à protéger les troupeaux. Pour cette raison, on dit que le chien est « le meilleur ami de l'homme ».

Les seigneurs chassent aussi avec leurs chiens : la meute repère et pourchasse le gibier jusqu'au coup de grâce.

● CHEVAUX DE TRAIT ET CHEVAUX DE MONTE

Le cheval a une grande importance au Moyen Âge. C'est grâce à lui que le chevalier peut se déplacer. Sitôt adoubé, le nouveau chevalier enfourche sa monture et part à l'aventure pour montrer son courage et accomplir des prouesses.
Au cours des tournois, le cheval porte les couleurs du chevalier. Il sert aussi de monnaie d'échange : le vaincu perd son cheval, qu'il donne au vainqueur.
Le chevalier monte sur son destrier pour combattre. Ce cheval très fort peut supporter des poids énormes, jusqu'à 230 kg ! Il faut en effet porter le chevalier et son armure, son épée et sa lance, et aussi le harnachement et le caparaçonnage[2] !
À la campagne, le cheval sert à porter des charges et il remplace les bœufs pour tirer la charrue. On dit alors que c'est un cheval de trait, résistant et solide.

1. En 1347 commence une terrible épidémie de peste qui fera des millions de morts.

2. Protection en cuir et en métal pour le cheval lui-même.

3 Les animaux sauvages

Au Moyen Âge, les animaux qui ne sont pas domestiqués vivent en liberté, dans les grandes forêts qui couvrent la France. Certains constituent un gibier de choix, réservé exclusivement au seigneur. Le vilain n'a pas le droit de chasser ni de toucher aux réserves ! D'autres sont de dangereux prédateurs, qui nuisent aux récoltes et aux villageois. Ils sont redoutés et on cherche à s'en débarrasser.

• DES FORÊTS GIBOYEUSES

La forêt couvre une grande partie du territoire et le gibier est abondant : cerfs, chevreuils, sangliers, lièvres... Tous ces animaux vivent dans la nature, sans être dérangés par les paysans. Seul le seigneur a le droit de les chasser, car il mange de la viande et méprise les légumes qui sont « réservés » aux vilains et aux serfs. Le paysan, lui, a seulement le droit de pêcher les poissons des rivières, comme les anguilles ou les lamproies.

• LA CHASSE À COURRE

Quand le seigneur part à la chasse, il rassemble ses chiens pour faire une meute, appelle ses serviteurs et monte sur son cheval. C'est la « chasse à courre » : effrayé par le bruit des hommes et des chiens, le gibier part en courant. Le seigneur le poursuit avec son cheval et le tue d'un coup de couteau ou d'épée.

Parfois aussi, il emploie un faucon qu'il utilise comme une arme pour tuer le petit gibier (oiseaux, lièvres ou lapins).

• UN PRIVILÈGE SANS PARTAGE

Le vilain souffre de sa situation : il n'a pas le droit de toucher au gibier et risque de lourdes sanctions s'il est surpris en train de braconner. Il mange mal, se contentant le plus souvent de céréales et de légumes. Ses champs sont souvent dévastés par le seigneur qui, à la poursuite du gibier, ne fait pas attention aux récoltes qu'il abîme avec sa meute.

Fauconnier *(extrait du* Traité des oiseaux*), manuscrit (XIIIe siècle ?) (Paris, BNF).*

Le pouvoir du seigneur

« En divers comtés de Normandie, les paysans formèrent de nombreuses communautés qui prétendaient appliquer leurs propres lois, tant pour l'exploitation des forêts que pour l'usage des eaux. Lorsque le duc l'apprit, il expédia contre eux le comte Raoul avec une multitude de chevaliers. Ceux-ci s'emparèrent de leurs chefs et, après leur avoir coupé mains et pieds, ils renvoyèrent ces hommes devenus bons à rien. Après cette expérience, les paysans retournèrent à leurs travaux. » (d'après Guillaume de Jumièges, *Histoire des ducs de Normandie*, XIe siècle).

● LE COUP DE PATTE DE L'OURS

Au Moyen Âge, on rencontre encore très souvent l'ours dans les forêts, en train de ramasser les fruits sauvages et le miel dont il raffole. Cet animal fait peur : il se dresse sur ses pattes arrière, comme un humain, mais il paraît énorme ! Et ses griffes acérées sont redoutables : il peut, d'un coup de patte, tuer un paysan qui le menace.

La chasse à l'ours est réservée au seigneur, qui mange la viande de l'animal et récupère sa fourrure, extrêmement chaude et épaisse.

● LE DÉTESTABLE RENARD

C'est, avec le loup, l'animal le plus détesté par les paysans du Moyen Âge. Reconnaissable à sa fourrure rousse et blanche, il est malin comme tout : il s'attaque aux poulaillers, vole les œufs et les poules, se servant donc directement dans le garde-manger du paysan !

Il est très difficile de lui interdire l'accès des fermes, car il trouve toujours, grâce à son intelligence, un moyen de s'introduire dans la place.

Lorsqu'il est pourchassé par les chiens, il arrive souvent à s'échapper.

Mais on parvient parfois à l'acculer dans son terrier et à le déloger. C'est l'occasion alors de récupérer sa fourrure, particulièrement belle : on la vendra sur le marché à un châtelain qui s'en servira pour décorer son manteau ou sa pelisse.

● LA PEUR DU LOUP

Au Moyen Âge, beaucoup de loups vivent encore dans les forêts de France.
Chassés par la faim, il leur arrive de s'approcher des troupeaux, dévorant alors moutons et brebis. Quelle perte pour le vilain !
Et s'il doit aller dans la forêt, pour ramasser du bois ou des fruits sauvages, c'est le loup que le paysan redoute surtout : il a peur de se faire attaquer par cet animal qui, contrairement aux chiens, vit surtout la nuit et hurle à la lune.

Loups *(extrait du* Livre de la chasse *de Gaston Phébus), manuscrit (XVe siècle) (Paris, BNF).*

Le loup !

Le loup s'attaque rarement à l'homme, préférant les bêtes affaiblies ou malades. Cependant, il a toujours été considéré comme un danger terrifiant, au point que son image a été utilisée abondamment dans la littérature : on connaît Le Petit Chaperon rouge. *Le loup est le héros involontaire de cette histoire, où il dévore à la fois la grand-mère et la petite-fille ! Il représente le danger, les risques auxquels doivent faire face les enfants, plus particulièrement les petites filles…*
Au Moyen Âge, on croyait que certains hommes se transformaient la nuit et prenaient l'apparence d'un loup. C'était le loup-garou !
Longtemps après le Moyen Âge, au XVIIe siècle, plusieurs personnes ont été attaquées et sont mortes dans le Gévaudan (sud-est de la France). Il y a eu alors des rumeurs : on a imaginé qu'un loup extraordinaire ou un loup-garou était devenu une sorte de tueur en série. La population a ainsi vécu dans la terreur de « la Bête ». Et depuis cette époque, on parle encore de la Bête du Gévaudan : c'est devenu une légende.

4 Les représentations symboliques liées aux animaux

Au-delà des dangers que représentent les animaux sauvages, on leur associe souvent des pouvoirs ou des caractéristiques qui sont purement imaginaires.

● ANIMAUX NOBLES ET ANIMAUX BAS

Comme les humains du Moyen Âge, les animaux sont plus ou moins bien considérés, en fonction de la place qu'ils occupent dans l'univers. De même que le seigneur, sur son cheval, est placé « plus haut » dans la société que le paysan courbé vers le sol, les animaux qui vivent en hauteur ont plus de valeur que ceux qui rampent à terre. On considère qu'ils sont plus près de Dieu ! Ainsi, le seigneur n'offrira pas de porc à ses invités, car le porc se nourrit des déchets de la basse-cour. Les plats considérés comme les plus délicats sont les oiseaux (cygnes, paons, hérons...) car ils volent haut dans le ciel. Le paon, qui « fait la roue » avec le plumage de sa queue, symbolise même le soleil et l'immortalité. Il est donc très raffiné d'en servir à sa table.

Certains animaux servent aussi à préparer des médicaments ou des remèdes : on choisit les animaux en fonction des qualités qu'on leur prête.

Paon servi lors d'un repas *(détail, extrait du* Livre des Conquestes et Faits d'Alexandre*), enluminure (XVe siècle) (Paris, musée du Petit-Palais).*

Les animaux comme médicaments

Au Moyen Âge, on soignait avec des araignées, des fourmis... Sais-tu qu'on utilise encore des animaux pour soigner les gens ? On emploie par exemple la salive des sangsues pour soigner certaines maladies des vaisseaux sanguins. Mais les règles d'hygiène sont, heureusement, bien mieux respectées aujourd'hui !

● LES MONSTRES

Des animaux fabuleux ont aussi leur place dans l'imaginaire de l'époque. Le dragon, par exemple, symbolise toutes les forces du mal, du Diable.

Les sculptures qui ornent les cathédrales sont souvent des animaux fantastiques, censés représenter les habitants des enfers. Le paradis, au contraire, est peuplé de créatures ressemblant aux humains, les anges par exemple.

Les gargouilles des églises et des cathédrales, qui servent à évacuer les eaux de pluie, représentent souvent des têtes de diables : le spectacle effrayant de ces monstres en train de cracher de l'eau devait impressionner les gens du Moyen Âge et les inciter à obéir aux religieux, pour ne pas aller en enfer.

● DES PÉCHÉS À TÊTE D'ANIMAUX

Si l'homme s'intéresse autant aux animaux et leur prête des caractéristiques humaines, c'est aussi parce qu'il sait confusément qu'il possède lui-même quelque chose de sauvage et d'animal. Au Moyen Âge, on associe donc les défauts de l'être humain à la partie « animale » en lui.

L'Église utilise les animaux pour évoquer les sept péchés capitaux (les péchés à la source de tous les autres péchés) : l'orgueil, l'avarice, la luxure, l'envie, la gourmandise, la colère et la paresse. Ainsi, la gourmandise est associée à l'ours, connu pour sa gloutonnerie. De même, la colère (et la violence qu'elle provoque) est assimilée au sanglier, qui dévaste les champs sur son passage lorsqu'il cherche sa nourriture.

La stryge, détail de Notre-Dame-de-Paris, photographie prise en 1905.

Petit lexique du *Roman de Renart*

Abbaye	Bâtiment où habitent des moines.
Abbé	Supérieur d'une abbaye, il fait respecter la règle que doivent suivre les moines.
Art gothique	Style architectural apparu entre le XIIe et le XIIIe siècle (voûtes en ogives, flèches s'élevant vers le ciel, grands vitraux laissant passer la lumière).
Art roman	Style architectural apparu vers le XIe siècle (voûtes en berceau).
Baron	Titre de noblesse accordé par le roi aux chevaliers qui ont accompli des exploits.
Clerc	Religieux sachant lire et écrire, chargé de recopier les textes sacrés sur les parchemins.
Enluminure	Dessin servant à illustrer certains passages des textes et à leur donner ainsi un peu de clarté, de lumière (du latin *lumen* : lumière).
Épitaphe	Texte court gravé sur une pierre tombale et indiquant qui est enterré à cet endroit.
Fief	Terrain et château donné par un seigneur à son vassal, en échange du serment de fidélité.
Moine	Religieux qui vit en communauté, dans un monastère ou une abbaye. Sa vie est réglée par le travail et la prière.
Parchemin	Peau de chèvre ou de mouton, tannée et amincie, sur laquelle les clercs recopient les textes sacrés.
Parodie	Œuvre qui s'inspire d'une autre œuvre et l'imite pour s'en moquer.
Satire	Œuvre critiquant un défaut humain, un fonctionnement, une institution sociale, en faisant rire le public.
Seigneur	Personne noble qui possède une terre et pour qui travaillent les vilains et les serfs.
Serf	Paysan appartenant à un seigneur et n'ayant aucune liberté propre.
Vassal	Seigneur ayant juré fidélité à un autre seigneur, le suzerain.
Vilain	Paysan libre (il peut choisir d'aller travailler pour un autre seigneur).

À lire et à voir

● LES LIVRES ET LES BANDES DESSINÉES AUTOUR DE RENART

— A. de Saint-Exupéry, *Le Petit Prince*
Gallimard, 1943

— Fonteneau et Azam, *Zinzin des Bois*
Milan, 2005

— Jean de La Fontaine, *Fables* (illustrées par Benjamin Rabier)

— R. Boudet, *Le Roman de Renart* (adapté pour le théâtre)
École des loisirs, 1988

● LES FILMS ET LES DESSINS ANIMÉS AUTOUR DE RENART

— *Le Renard et l'enfant,* film de Luc Jacquet (2007)

— *Robin des Bois,* dessin animé de Wolfgang Reitherman (1973)

Table des illustrations

7	ph © Archives Hatier
8, 14	ph © Paris, BNF / Archives Hatier
23	© Tallandier Éditions
29	ph © Paris, BNF / Archives Hatier
42	© Tallandier Éditions
50	ph © Paris, BNF / Archives Hatier
56	ph © Archives Hatier
63b	ph © Paris, BNF / Archives Hatier
65b	ph © Paris, BNF / Archives Hatier
82b	ph © Metropolitan Museum of Art, Dist. RMN / Image of the MMA
87	ph © Paris, BNF / Archives Hatier
88	ph © Archives Hatier
91, 92	ph © Paris, BNF / Archives Hatier
93	ph © Agence Bulloz / RMN
94	ph © Archives Alinari, Florence, Dist. RMN / Fratelli Alinari

60, 61, 62, 63, 64, 65, 66, 67, 68, 69, 70, 71, 72, 73, 74, 75, 76, 77, 78, 79, 80, 81, 82, 83 : ph © Paris, BNF / Archives Hatier

Suivi éditorial : Raphaële Patout
Iconographie : Hatier Illustration
Illustrations intérieures : Rémi Malingrey
Principe de maquette : Marie-Astrid Bailly-Maître & Sterenn Heudiard
Mise en page : CGI

Achevé d'imprimer par Maury-Imprimeur à Malesherbes (France)
Dépôt légal N° 94327-0 / 02 - Février 2011
N° d'imprimeur : 162103